SOTTO PRESSIONE

MONTGOMERY INK: COLORADO SPRINGS
LIBRO 1

CARRIE ANN RYAN

SOTTO PRESSIONE
MONTGOMERY INK: COLORADO SPRINGS LIBRO 1

Carrie Ann Ryan

Ricordi per sempre
Romanzo della serie Montgomery Ink
di Carrie Ann Ryan
Traduzione dall'inglese di Well Read Translations
© 2022 Carrie Ann Ryan

eBook ISBN: 978-1-63695-148-5
Paperback ISBN: 978-1-63695-149-2

Traduzione di Well Read Translations

Questo libro è concesso in licenza al solo scopo di intrattenimento personale. Il libro non deve essere rivenduto o ceduto ad altre persone. Se hai intenzione di condividere il libro con altre persone, ti preghiamo di acquistare un'altra copia o di utilizzare i canali di rivendita per averne una copia. Se stai leggendo questo libro e non lo hai acquistato, o se non è stato acquistato esclusivamente per te, ti preghiamo di restituirlo e di acquistare una copia personale. Grazie per aver rispettato il duro lavoro dell'autrice.
Tutti i personaggi del libro sono inventati e frutto dell'immaginazione dell'autrice.

SOTTO PRESSIONE

La serie Montgomery Ink continua con uno spin-off a Colorado Springs, dove una Montgomery che già conosciamo trova il suo posto in un nuovo negozio di tatuaggi e fra le braccia del migliore amico.

Adrienne Montgomery sta finalmente realizzando i propri sogni. Ha aperto un negozio di tatuaggi con il fratello Shep e due dei cugini di Denver ed è pronta a conquistare la città con la propria arte, finché riesce a reggere la pressione. Quando però i nuovi vicini decidono che il negozio di Adrienne non si addice alla comunità, la donna dovrà appoggiarsi all'unica persona della quale non credeva di innamorarsi: il migliore amico.

Mace Knight è orgoglioso della propria arte e della figlia. Sa di correre un rischio ricominciando in un nuovo negozio con i Montgomery, ma le aspettative sono ancora più alte quando si ritrova a desiderare Adrienne più di quanto credesse possibile. La storia tra i due si sviluppa in fretta, ma conoscono le regole: non possono rischiare la loro amicizia, indipendentemente da quanto sia forte la passione tra le lenzuola e quanta gente cerchi di mettersi in mezzo.

CAPITOLO UNO

Adrienne Montgomery non avrebbe vomitato, ma ci mancava poco. Non era una persona nervosa, ma quel giorno pazienza e nervi le venivano messi a dura prova e non era certa che tutti gli anni passati a farsi crescere una spina dorsale d'acciaio sarebbero bastati.

Forse avrebbe dovuto lavorare sul foderarsi le viscere di acciaio, già che c'era, o forse di platino.

"Sei pallida," le disse Mace, che si chinò per bisbigliarle all'orecchio.

Lei rabbrividì involontariamente quando il respiro di lui le scivolò sul collo, poi alzò gli occhi verso quelli nocciola del migliore amico. Era troppo bello e *sapeva* che lei soffriva il solletico, perciò le parlava costantemente all'orecchio per farle venire i brividi.

Adrienne immaginò che lui si fosse fatto tagliare i capelli il giorno prima, perché erano rasati sulle tempie e si notavano quelli brizzolati. Sopra però li aveva lasciati crescere e li aveva pettinati con la riga di lato al punto che sembrava curato, non scompigliato col ciuffo che gli finiva sugli occhi come la maggior parte delle volte. Conoscendo Mace, quella mattina si era pettinato per caso, invece che di proposito. Il migliore amico aveva intorno ai trent'anni come lei, ma i primi capelli bianchi gli erano spuntati intorno ai venti. Laddove alcuni uomini avrebbero cominciato a tingersi, Mace aveva abbinato i capelli sale e pepe ai tatuaggi e ai piercing, e alle donne piacevano.

Beh, almeno questo era quello che pensava Adrienne. Non era una delle seguaci di Mace, non in quel modo, per lo meno.

"Ehi, Adrienne, stai bene?"

Gli scoccò un'occhiataccia appena sentì il ritornello familiare che era stato un tormento fin dall'asilo, quando uno dei papà lo aveva urlato come il pugile di quel film che lei aveva finito per odiare.

"Che ti avevo detto su quella frase?" Adrienne incrociò le braccia sul petto e batté il piede a terra. Era più bassa di lui di almeno quindici centimetri ma, dato che indossava stivali col tacco, poteva almeno provare a sembrare intimidatoria.

Mace si limitò ad alzare le spalle e farle l'occhiolino, con quell'aria accattivante su cui si allenava allo specchio dopo aver visto *Rapunzel* con lei anni prima. Sì, era *quel* tipo, quello a cui piaceva farla sorridere perché lei aveva una cotta per il personaggio di Flynn Rider.

"Sai anche tu che ti piace." Le mise un braccio intorno alle spalle e la strinse. "Stai bene? Sul serio? Perché sembra proprio che tu stia per vomitare. Dato che questo posto è tutto nuovo e luccicante, non so se il vomito ci sta bene."

Pensare a perché quel posto, il posto *di Adrienne*, fosse tutto nuovo e luccicante le fece rivoltare di nuovo lo stomaco, perciò sospirò.

"Sto bene."

Mace la guardò e lei gli diede un calcio sulla scarpa. Era proprio matura. "Prova con un po' più di entusiasmo, perché per quanto *vorrei* crederti, il panico che ti vedo negli occhi non trasmette sicurezza."

"*Starò* bene. Meglio, così?" gli chiese, con un sorriso. Doveva avere l'aria da pazza, però, perché Mace fece una smorfia, ma le mostrò il pollice alzato.

"Ok, allora. Usciamo da questo ufficio e andiamo nel tuo nuovissimo negozio di tatuaggi a incontrare la folla."

Lo stomaco le si fece sentire di nuovo.

Il *suo* negozio.

Non riusciva a crederci. Dopo anni a lavorare per altri a Colorado Springs invece che a nord nel negozio dei cugini di Denver, o persino a sud nel vecchio negozio del fratello di New Orleans, Adrienne era diventata una dei proprietari della Montgomery Ink Too, la prima filiale del negozio principale di Denver.

Sì, stava decisamente per vomitare.

"Sono per lo più membri della famiglia, non è proprio una folla." Più o meno. Anche tre persone le sembravano tante a quel punto, dato che erano lì... ad aspettare che lei dicesse o facesse qualcosa, che *fosse* qualcuno. Meglio non pensarci, o non sarebbe davvero mai uscita dall'ufficio.

"Vero, dato che la maggior parte della famiglia non è venuta. Per tutto il clan Montgomery ci vogliono probabilmente quattro palazzi."

"Non sbagli. Da Denver sono venuti solo Austin e Maya, dato che io e Shep abbiamo chiesto agli altri di restare a casa. Sarebbero stati troppi per un edificio tanto piccolo."

"Ma le tue sorelle e i tuoi genitori sono qui, insieme ovviamente a Shep e alla moglie, e sono sicuro di aver visto anche la piccola Livvy; e poi Ryan, dato che lo hai assunto." Mace si mise le mani in tasca. "Lì fuori c'è una grande famiglia felice che ti sta aspettando, con la speranza che tu cominci il tatuaggio per il primo cliente appena possibile."

Dopo quelli che erano sembrati mesi di documenti e lavori, era arrivato il giorno dell'apertura per la Montgomery Ink Too, MIT in breve. Un giorno Ryan e Mace lo avevano chiamato in quel modo e il nomignolo era rimasto. Lei non poteva fare altro che lasciar correre, per quanto strano. C'erano stati ritardi e problemi meteorologici ma, *finalmente*, il negozio era aperto. Adrienne doveva solo comportarsi da adulta, uscire dall'ufficio e socializzare.

Lo stomaco si fece sentire di nuovo.

Mace la strinse fra le braccia forti e lei gli poggiò la testa sul petto, sotto il mento. Lui dovette alzare un po' la testa, dato che lei non era *tanto* bassa, ma per loro era una posizione familiare. Indipendentemente da quello che gli altri dicevano di Mace, gli abbracci che dava erano *grandiosi*.

"Andrà tutto bene." La voce di lui le tuonò sulla testa, Adrienne poteva sentire le vibrazioni nel petto di lui contro la guancia.

"Lo dici adesso, ma se crolla tutto e io finisco senza clienti e rovino la fiducia che mi hanno dato Austin e Maya con la prima filiale?"

Austin e Maya erano due dei numerosi cugini di Denver. C'erano addirittura otto fratelli in quella famiglia ed erano tutti sposati, Maya aveva persino *due* mariti, il che metteva insieme fin troppe persone affinché Adrienne fosse in grado di contarle. Maya e Austin erano i proprietari e i tatuatori della Montgomery Ink di Denver, quello che apparentemente era il negozio principale.

I cugini erano andati da Adrienne poco più di un anno prima e le avevano detto di essere interessati a espandere l'attività. Dato che non c'erano negozi disponibili sulla Sedicesima Street Mall dove si trovava la Montgomery Ink, ai due era venuta l'idea di aprire un nuovo negozio in un'altra città. Il fatto che avessero altri due artisti in famiglia non troppo lontani cascava a fagiolo. Beh, Shep non era stato esattamente vicino a quel tempo, dato che viveva ancora a New Orleans, dove aveva conosciuto la moglie e messo su famiglia; ma poi il fratellone di Adrienne era tornato a Colorado Springs con l'intenzione di restare.

Maya e Austin erano ancora i principali proprietari dell'attività e amministratori delegati della società che avevano formato per poi ampliarla, ma Shep e Adrienne avevano acquistato delle azioni ed erano gestori e proprietari parziali della Montgomery Ink Too.

Erano un bel po' di responsabilità, ma Adrienne

sapeva di potercela fare. Doveva solo trovare il coraggio di entrare nel negozio.

"Smettila di dare di matto, Addi. Non mi sarei imbarcato con te in questo viaggio se non avessi creduto in te." Si allontanò e la guardò, l'intensità negli occhi di lui era tale che Adrienne dovette battere più volte le palpebre per poter respirare.

Mace aveva ragione: lui aveva rinunciato a molto per lei, anche se alla fine l'accordo avrebbe potuto funzionare meglio per lui, con un po' di fortuna. Mace aveva lasciato un lavoro stabile nella vecchia attività per andare a lavorare con lei. La fiducia che le aveva dimostrato era sconcertante e diede ad Adrienne la forza necessaria per prendere in mano la situazione, qualunque essa fosse.

"Ok, ora o mai più."

Mace le porse la mano e lei la strinse prima di lasciarla andare. Non aveva bisogno di appoggiarsi a lui o tenergli la mano mentre entravano al negozio. Già abbastanza persone si chiedevano cosa succedesse tra loro dietro una porta chiusa: non c'era bisogno di mettere altra carne al fuoco.

Mace era il suo migliore amico, niente di più e di certo niente di meno.

Rimase dietro di lei mentre Adrienne superava la porta dell'ufficio ed entrava nella sala principale, il calore di lui la teneva calma. Il negozio di Colorado Springs aveva la stessa piantina di quello a nord, con solo pochi piccoli cambiamenti. Ogni postazione aveva un cubicolo, ma una volta superata la parte anteriore del negozio, da cui chi passava non poteva sbirciare all'interno, era quasi tutta una zona aperta. C'erano due sale private sul retro per coloro che volevano tatuaggi per i quali era necessario togliersi i vestiti, oltre a dei paraventi pieghevoli che potevano essere posizionati nelle aree di ogni artista per dividerle con facilità. A molti non importava di avere altri artisti e clienti che li guardavano mentre si facevano un tatuaggio, di solito era parte dell'esperienza generale. Dato che era lei ad avere la licenza per i piercing, Adrienne poteva occuparsi di quella parte del lavoro in una delle sale sul retro.

Mentre alcuni negozi avevano delle stanze chiuse per ogni artista perché l'edificio era stato un'abitazione o un palazzo con uffici, i Montgomery non avevano voluto un'impostazione del genere. C'erano privacy quando serviva e socialità se voluta. Era una disposizione grandiosa, che Adrienne aveva desiderato tanto quando aveva lavorato nel vecchio negozio dall'altro lato della città.

"Era ora che tornassi qui," disse secca Maya, il

cerchietto al sopracciglio le brillava sotto le luci del soffitto.

Adrienne mostrò il dito medio alla cugina, poi sorrise quando Maya ricambiò. Di tutti i cugini, lei e Maya erano quelle che si somigliavano di più. Avevano entrambe lunghi capelli scuri, erano di altezza media e avevano la giusta quantità di curve da rendere difficile trovare dei jeans. Ovviamente, Maya aveva avuto due figli, mentre il sedere di Adrienne veniva dall'amore per i biscotti... ma non c'entrava nulla.

Tutti chiacchieravano tra loro e si guardavano intorno con in mano un bicchiere d'acqua, di caffè o di tè. Dato che avrebbero aperto alla clientela soltanto più tardi, si poteva socializzare facilmente nell'area principale. Il nuovo impiegato, Ryan, stava in un angolo e Mace andò da lui, così non sarebbero stati tra i piedi. Erano gli unici due a non essere dei Montgomery e Adrienne poteva solo immaginare come si sentissero.

"Il locale è proprio perfetto," disse Shep con un sorriso. La moglie Shea gli era accanto, la figlia Livvy saltellava tra di loro. Adrienne non aveva idea di come avesse fatto la nipote a crescere tanto. Evidentemente, il tempo volava quando si lavorava. "Siamo l'unico negozio di tatuaggi in zona, il che sarà ottimo per gli affari." Si trovavano in un'area commerciale poco lontano dalla strada più trafficata della zona, a parte l'autostrada I-25, ovviamente. La maggior parte delle attività dell'area era posizionata in quel modo, solo le grandi catene commerciali e i ristoranti avevano dello spazio alle spalle.

Adrienne annuì, anche se lo stomaco non era d'accordo. La maggior parte dei negozi come il suo erano più a sud, vicino al centro storico. Lì c'erano i posti più di tendenza e molta più gente con tatuaggi e piercing. A nord, sul North Academy Boulevard, tutti gli edifici si somigliavano: erano di un color crema o marrone chiaro e formavano una zona residenziale vicino all'Accademia Aeronautica.

Shep e Adrienne volevano che diventassero clienti affezionati non solo i cadetti, ma anche tutti quelli che vivevano nel grande quartiere e che volevano farsi un tatuaggio. Avviare un'attività era sempre difficile, ma farlo in una zona della città che, almeno dall'esterno, non sembrava adatta non l'avrebbe reso più facile.

Adrienne sapeva che molti dei pregiudizi riguardo ai negozi di tatuaggi erano spariti col tempo, dato che quella forma d'arte era diventata più popolare e quasi normale, ma poteva ancora sentirsi addosso gli occhi della gente quando notava i tatuaggi che aveva.

"Sei accanto a una sala da tè, un alimentari, un negozio di spezie, la panetteria di Thea e qualche centro commerciale di lusso. Credo che tu ci stia a pennello," disse Austin, che si guardava intorno con le braccia incrociate sul petto. "Hai quasi una versione in miniatura di quello che abbiamo noi a nord. Ti manca solo una libreria e un bar dove passare il tempo."

"Sei solo viziato perché non devi nemmeno uscire al freddo per prendere un caffè o dei dolcetti," gli rispose secca Adrienne.

"Questo è vero," le disse Austin con una risata. "Aggiungere quella porta laterale che collega i due negozi è stata la decisione migliore che abbia mai preso."

"Mi assicurerò di dirlo a tua moglie," gli disse Shep, che poi si chinò a schivare il braccio di Austin. Quei due avevano quasi quarant'anni, ma si azzuffavano come adolescenti. Shea prese Livvy e si mise a ridere, prima di andare da Maya. Adrienne in realtà non conosceva bene la cognata, dato che non si erano viste molto; ma siccome la famiglia si era trasferita, sapeva che avrebbero rimediato.

"Finiranno col rompere qualcosa," disse Thea con una risatina, mentre guardava i due che fingevano di azzuffarsi. Era la figlia di mezzo, ma tendeva a comportarsi come se fosse la più grande. Quando il negozio a tre porte di distanza dalla panetteria si era liberato, Thea aveva fatto di tutto per assicurarsi che la sorella

Adrienne potesse prenderlo. Thea era fatta così, si occupava della famiglia a ogni costo.

"Se lo saranno meritato," disse scuotendo la testa Roxie, l'altra sorella di Adrienne. "Finché non rovinano niente nel negozio, ovviamente," aggiunse in fretta, dopo che Adrienne le scoccò un'occhiataccia. "Intendo dire: rompersi qualcosa addosso." Roxie era la più piccola e spesso la più tranquilla. Essendo dei Montgomery, nessuno di loro era davvero pacato, ma Roxie ogni tanto aderiva a quella descrizione.

"Grazie per aver pensato al mio negozio che non ha ancora nemmeno accolto il primo cliente." Adrienne passò un braccio intorno alla vita di Roxie per abbracciarla. "Dov'è Carter? Pensavo che sarebbe passato."

Roxie e Carter si erano sposati pochi mesi prima e Adrienne adorava il cognato, anche se non conosceva bene nemmeno lui. Lavorava molto e la coppia tendeva a isolarsi, dato che erano ancora sposini novelli.

Roxie fece una smorfia prima di assumere un'espressione neutrale. "Non è riuscito a liberarsi dal lavoro. Ci ha provato, ma due tizi hanno chiamato ed è finito sommerso di carburatori fino al collo."

Adrienne baciò la tempia della sorella e la strinse forte. "Va tutto bene. *È* pieno giorno, dopo tutto. Mi sorprende che tutti voi siate riusciti a liberarvi."

Le pizzicarono gli occhi all'idea che tutti *si fossero*

liberati per essere lì per lei e Shep. Batté le palpebre, distolse lo sguardo dalle sorelle e cercò di non farsi prendere dall'emozione, ma poi incrociò gli occhi di Mace. Lui la guardò curioso e lei gli sorrise, cercando di fargli sapere che stava bene, che era solo un po' sopraffatta. Mace riusciva sempre a capire come si sentisse lei senza che Adrienne lo dicesse, non voleva che lui si preoccupasse. Succedeva, quando si era amici da tanto tempo.

"Avrei tanto voluto che venisse anche Carter," disse Roxie con un'alzata di spalle. "Va bene. Va tutto bene."

Adrienne incrociò lo sguardo di Thea, ma le due sorelle non dissero nulla. Se Roxie avesse avuto qualcosa di cui voleva parlare, avrebbe aperto l'argomento. Per il momento, avevano tutti altro per la testa, nello specifico l'apertura.

Shep diede un altro pugno sulla spalla ad Austin, prima di allontanarsi con un sorriso. "Ok, ok, sono troppo vecchio per tutto questo."

"È vero, *sei* troppo vecchio." Austin gli fece l'occhiolino e Adrienne si strinse la radice del naso.

"Bel modo di dimostrare a tutti che siamo *davvero* professionali e pronti a guidare il negozio," disse, senza irritazione nella voce. Quella era la sua famiglia e ci era abituata. Se non si fossero messi a scherzare e non fossero stati degli adorabili imbecilli, si sarebbe preoccupata.

"È più o meno quello per cui abbiamo firmato," le disse Ryan e le fece l'occhiolino. "Giusto, Mace? Cioè, le leggendarie buffonate dei Montgomery sono il motivo per cui *qualsiasi* tatuatore che valga qualcosa vorrebbe unirsi a loro."

Mace rivolse loro un cenno solenne, con gli occhi che ridevano. "Non sarebbe una rimpatriata di Montgomery senza nessuno che si becca un pugno. Non è quello che mi hai insegnato tu, Adrienne?"

Lei gli mostrò il dito medio, sapeva che Livvy aveva abbassato la testa, quindi non l'avrebbe vista. Cercava di non essere un'influenza troppo *cattiva* per la nipote.

"Ok, gentaglia. Finite i bicchieri e la torta e diamo una ripulita. Abbiamo tre clienti tra l'una e le due del pomeriggio e Ryan si occuperà di quelli senza prenotazione." Anche se non era sicura che ce ne sarebbero *stati*, dato che era il primo giorno e stavano cominciando lentamente. Alcuni clienti di lunga data li avevano seguiti ed erano già su una lista d'attesa riservata, ma la situazione poteva cambiare in un lampo. Il passaparola avrebbe reso il negozio un successo, e ciò significava avere più clienti oltre a quelli di sempre.

La porta si aprì e Adrienne dovette trattenersi dall'aggrottare la fronte. Non erano ancora ufficialmente aperti, ma non poteva allontanare un potenziale cliente. La porta *non era* chiusa, dopo tutto.

Quando entrò un uomo con un bel completo e l'aria accigliata, Adrienne ebbe la sensazione che non sarebbe stato un cliente.

"Salve, posso aiutarla?" gli chiese, facendosi strada tra la folla. "Apriamo tra un'oretta, ma se le servono delle informazioni, sono qui."

Il tizio contorse il viso e Adrienne temette che, se non si fosse sciolto, si sarebbe bloccato. "Non sono qui per qualsiasi sia lo scopo di questo posto." Percorse con lo sguardo tatuaggi e vestiti degli amici e della famiglia di Adrienne, prima di fermarsi di nuovo su di lei. "Sono venuto solo a dirle di non disfare gli scatoloni."

"Mi scusi?" gli chiese Shep, serio. Gli altri si fecero indietro per lasciare che fossero Adrienne e Shep a parlare, ma lei sapeva che erano lì se avesse avuto bisogno di loro.

"Mi ha sentito." L'uomo si sistemò la cravatta. "Non so come abbiate fatto a ricevere l'approvazione del comitato di zona, ma vedo che hanno commesso un errore. Non vogliamo *quelli come voi* qui, nella nostra bella città. Siamo una comunità in crescita con delle famiglie. Come ho detto, non disfate gli scatoloni: non resterete qui a lungo."

Prima che Adrienne potesse rispondere a quella

ridicola affermazione, l'uomo girò i tacchi e uscì, lasciando la famiglia e gli amici accanto a lei con l'aria scioccata.

"Beh, merda," sussurrò Mace, poi fece una smorfia guardandosi alle spalle, dove probabilmente si trovavano Livvy e la madre.

"Scopriremo chi era. Adrienne, non riuscirà a farci chiudere, dannazione." Shep si voltò verso di lei e le rivolse uno sguardo da fratello maggiore. "Non ti preoccupare, non significa niente."

Ma lei poteva intuire dallo sguardo del fratello e dalle espressioni preoccupate di familiari e amici che nessuno ci credeva.

Adrienne non sapeva chi fosse quell'uomo, ma le dava una brutta sensazione. Tutto il calore che l'aveva riempita alla vista dei parenti e degli amici che erano andati a festeggiare per il nuovo negozio svanì, sostituito dal ghiaccio nelle vene.

Fortuna che doveva essere un'apertura facile, pensò, e le si rivoltò di nuovo lo stomaco. Forse avrebbe vomitato perché sapeva che non sarebbe stata l'ultima volta che avrebbe visto quell'uomo. Affatto.

CAPITOLO DUE

Mace Knight non voleva svegliarsi. Il letto era troppo caldo e lui aveva fatto un sogno fantastico in cui c'era una donna immaginaria con curve morbide e una bocca che sapeva *esattamente* cosa fargli all'uccello. Uscire dal letto, doversi fare la doccia e comportarsi da adulto non era proprio come la suzione seducente della donna nel sogno.

Sospirò e si afferrò la base dell'uccello, infastidito dall'erezione mattutina che gli ricordava di quando era un adolescente, non un uomo della sua età. Ma dato che aveva qualche minuto e ancora davanti agli occhi l'immagine della donna dai lunghi capelli corvini in ginocchio davanti a lui, poteva almeno godersi la mattina.

Fece scivolare la mano su e giù lungo l'asta, gemette

e puntò i piedi sul letto per poter spingere nel pugno. Immaginò che la donna lo leccasse tutto prima di ingoiare. Con gli occhi ancora chiusi, Mace andò più veloce fino a scoparsi la mano. Non gli ci volle molto a venirsi sullo stomaco, tutto tremante. Già il sogno lo aveva portato quasi all'apice: gli bastò solo qualche tocco, dato che al mattino era molto sensibile.

"Merda," ringhiò, mentre il battito cardiaco rallentava. Emise un sospiro tremante: non solo era in ritardo, ma aveva anche la mano e lo stomaco sporchi e appiccicosi senza niente per pulirsi, dato che non aveva i fazzolettini sul comodino, come qualsiasi uomo sano di mente.

Infastidito, scivolò giù dal letto e zoppicò fino al bagno, tenendosi l'uccello per non peggiorare la situazione. Avrebbe dovuto pensarci nella doccia come al solito, dato che era single e aveva un sano appetito sessuale, ma la donna del sogno gli aveva fatto venire voglia di qualcosa di diverso.

Guardandosi allo specchio, pensò che la volta successiva avrebbe dovuto portarsi la bruna del sogno nella doccia, perché a quel punto doveva cambiare anche le lenzuola.

"Buongiorno un cazzo," borbottò e si preparò per la giornata. Aveva due clienti prenotati e tutti quelli che entravano senza appuntamento. Dato che erano solo in quattro a lavorare, facevano a turno per avere un giorno libero. In quel momento, Adrienne e Ryan lavoravano quasi tutti i fine settimana, dato che avevano deciso che Shep dovesse passare del tempo con la famiglia, soprattutto subito dopo il trasloco. Shep avrebbe alternato i turni del fine settimana, dato che erano quelli con più clienti e non voleva battere la fiacca, o così aveva detto. Mace prendeva il fine settimana libero solo quando aveva Daisy, la figlia di quattro anni, di cui aveva l'affido parziale. Non la vedeva spesso ma, mentre con il vecchio lavoro era stato quasi impossibile avere del tempo libero, in quel momento si facevano tutti in quattro per lui.

Aveva una bella sensazione riguardo a quel posto ed era dannatamente felice di aver corso il rischio di spostarsi in un nuovo negozio. Sì, il tizio che li aveva sottilmente minacciati la settimana prima lo aveva preoccupato, ma Mace sapeva che c'era una ragione se si era fidato della migliore amica e della famiglia. Poter passare più tempo con la figlia era solo uno dei motivi.

Dopo essersi vestito e aver preparato del caffè, prese il telefono per mandare un messaggio ad Adrienne. Dato che vivevano vicini e per la maggior parte del tempo avevano gli stessi turni (anche al vecchio negozio), cercavano il più possibile di usare una sola auto per andare al lavoro. L'area commerciale in cui si trovava il nuovo negozio aveva un buon parcheggio, ma nelle giornate più intense, quando gli altri negozi e ristoranti erano pieni, loro volevano occupare meno spazio.

Mace: *Sei sveglia?*

Sorseggiò il caffè mentre spuntava la nuvoletta che indicava che lei stava scrivendo un messaggio.

Addi: *Sì, ma mi serve più caffè. Tutto il caffè possibile.*

Mace sorrise e sfogliò il quadernetto per guardare gli schizzi per il primo cliente. Un cadetto voleva una serie di alberi contorti su una spalla che indicavano un evento del passato relativo alla famiglia. Non aveva voluto spiegare esattamente a Mace cosa fosse, ma gli aveva dato abbastanza dettagli per fargli venire un'idea. Mace aveva anche dovuto ripassare tutte le leggi e i regolamenti riguardo ai tatuaggi per i militari. La situazione, negli ultimi dieci anni, era cambiata tanto che quasi ci voleva una laurea in matematica per capire le percentuali di pelle e le posizioni consentite. Con il quantitativo di inchiostro che ricopriva il petto, le braccia e la schiena di Mace, lui non si sarebbe mai potuto arruolare, non che gli fosse mai stato possibile fin dall'inizio.

Mace: *Vuoi ancora un passaggio al lavoro? O vai prima?*

Addi: *Salviamo l'ambiente.*

Mace rise dal naso, prima di scolarsi quel che restava del caffè. Gliene serviva un'altra tazza prima di andare a prendere Adrienne. Diamine, gliene sarebbe potuta servire una terza, dato che non aveva dormito bene la notte prima.

Mace: *Passo a prenderti tra un'ora.*
Addi: *kk.*
Mace: *Che significa?*
Addi: *...*
Addi: *Mi stai davvero chiedendo del linguaggio da sms quando ho bevuto mezza tazza di caffè e sono stata sveglia tutta la notte? Non ne ho idea, comunque. Ha iniziato a scrivere così il figlio di Austin, poi Austin lo ha imitato e adesso scrivo in questo modo anche io. A quanto pare, è roba da ragazzini fighi.*

Mace dovette poggiare la seconda tazza di caffè sul piano della cucina per non far cadere il liquido caldo. Non aveva idea di come avesse fatto Adrienne a scrivere tanto in fretta, ma probabilmente avrebbe battuto qualcuno di quei cosiddetti *ragazzini fighi*. Al tempo dei primi cellulari, lui e Adrienne erano stati costretti a imparare a mandare messaggi premendo più volte lo stesso tasto per scrivere una lettera.

Si sentiva vecchio a trentacinque anni. Gli serviva più caffè.

Mace: *Perché usi il linguaggio da sms, se i ragazzini non lo usano più? Per dire.*

Si accigliò e le scrisse di nuovo, prima che lei potesse imprecare.

Mace: *E che hai fatto sveglia tutta la notte? Sai almeno come si chiama lui?*

Non sapeva perché glielo avesse chiesto o perché fossero affari suoi, ma per un motivo o per un altro aveva lasciato vagare la mente un po' troppo.

Addi: *Stavo lavorando a un dannato schizzo, idiota. L'altra opzione probabilmente sarebbe stata molto più divertente, dato che ho passato tre ore a pensare prima di riuscire a realizzare il disegno. Adesso devo davvero fare una doccia. Vatti a pulire quella barba, vecchio.*

Le inviò un'emoji che mostrava il dito medio, poi mise giù il telefono per terminare la routine mattutina. Aveva appena finito di pulire quando suonò il campanello. Aggrottò la fronte e si chiese chi potesse andare a casa sua tanto presto, dato che la maggior parte degli amici era già al lavoro o aveva il turno di notte e si era appena svegliata.

Si mise il telefono in tasca, andò alla porta e batté le palpebre quando vide la sua ex dallo spioncino, poi si trattenne dall'imprecare quando vide che non era sola.

Aprì la porta ma trattenne la rabbia perché,

accanto a Jeaniene in un completo stirato e con trucco e parrucco di tutto punto, c'era la loro bambina, Daisy. Sollevò un sopracciglio verso la ex, poi si inginocchiò e aprì le braccia. Senza esitazione, Daisy gli saltò in braccio e lui la sollevò, tenendola stretta al petto. La bimba gli baciò la tempia, poi la fronte e la guancia, prima di sospirare e poggiargli la testa sulla spalla.

Non era un comportamento insolito, dato che non era una bambina molto loquace. Parlava solo quando le sembrava importante. Era dolcissima e sussurrava e ridacchiava agli amici immaginari, ma era molto timida quando si trattava del mondo reale. A Mace non importava finché lei era felice e lui poteva vederla, ma non succedeva spesso, dati gli accordi sull'affidamento. Jeaniene aveva l'affido esclusivo, mentre lui solo il diritto di visita. Era ciò che succedeva quando un genitore era avvocato con una famiglia di giuristi e l'altro un tatuatore senza laurea. Mace aveva lottato con tutti i risparmi, ma aveva vinto solo il diritto di visita.

Nonostante non fosse il fine settimana che gli toccava, la valigia di Daisy era sul gradino accanto alla ex.

"Che succede, Jeaniene?" Accarezzò la schiena di Daisy, aggrappata a lui.

"Ciao papà," disse la bimba, assonnata.

"Ciao, piccola." Le baciò la testa. "Stai bene?"

"Sì sì, ho sonno." Gli si accoccolò contro la spalla e iniziò a giocare con i capelli del padre, persa nei sogni. "Jeaniene?"

Lei indicò alle spalle di Mace. "Possiamo entrare per un momento? Non ho molto tempo e, onestamente, non sapevo come dirtelo al telefono. *So* che mi sto comportando in modo orribile ma... potresti darmi un minuto, Mace?"

La studiò e seppe che quello che aveva da dirgli non gli sarebbe piaciuto ma, dato che aveva tra le braccia la figlia, non aveva molta scelta. Jeaniene lo seguì, tirandosi dietro la valigia di Daisy. Sembrava nervosa e non era da lei, ma Mace non insisté, non ancora, non con Daisy accoccolata contro di lui.

Lui e Jeaniene erano stati insieme solo qualche volta e per divertimento, senza legami, quando lei aveva scoperto di essere incinta. Era andato tutto a farsi benedire, ma alla fine lui aveva avuto la bambina e la considerava una vittoria.

Mace mise Daisy sul divano e le baciò la testa, prima di darle il telefono. Non era una mossa da bravo genitore, ma doveva parlare in privato con Jeaniene e non voleva che Daisy sentisse. "Torno subito, tesoro." Aprì rapidamente il giochino di memoria che le piaceva tanto, le passò una mano sui capelli, poi fece cenno a Jeaniene di seguirlo in cucina.

"Che succede, Jeaniene?" Il caffè gli divenne piombo nelle viscere e sapeva che probabilmente si sarebbe pentito di quella seconda tazza.

Lei si morse il labbro, un'azione poco caratteristica, lui inclinò la testa mentre la studiava. Sembrava che Jeaniene non avesse dormito molto la notte precedente e tutto il trucco e gli abiti professionali del mondo non l'avrebbero nascosto. Se qualcosa la preoccupava tanto, Mace sapeva che non gli sarebbe piaciuto.

"Sono diventata socia dello studio," gli disse rapidamente, Mace sollevò le sopracciglia.

"Davvero? Buon per te." Diceva davvero: Jeaniene si faceva il culo al lavoro *e* aveva ancora tempo per Daisy; Mace non avrebbe mai potuto trovare difetti nel modo in cui lei si occupava della bambina, anche se avrebbe voluto urlarle contro perché non gli permetteva di passare più tempo con lei. "Hai fatto in fretta, giusto?" Era molto più giovane degli uomini dello studio, era persino più giovane di Mace, per cui quel risultato era ancora più impressionante.

Lei annuì ma non sembrava meno stressata. "A essere sinceri, non è del tutto accurato. *Diventerò* socia questo mese... a una condizione."

Mace si irrigidì. "Quale diamine sarebbe?" Cominciarono a passargli per la testa situazioni ipotetiche che l'avrebbero messa in posizioni compromettenti, e strinse i pugni. Sapeva con che tipo di uomini lavorava e il potere che avevano. Jeaniene poteva non piacergli come quando erano stati insieme, ma se qualcuno le avesse fatto del male se la sarebbe dovuta vedere con lui.

Lei alzò le mani, mostrando i palmi, e scosse la testa. "Niente di quello che pensi, te lo prometto, ma è comunque brutta."

"Sputa il rospo, Jeaniene."

"Diventerò socia se mi trasferisco in Giappone... domani, senza preavviso o preparazione. Si è aperta una posizione ed è *l'unico* modo per diventare socia prima dei quarant'anni. È una grande opportunità e sistemerò me e Daisy a vita se accetto la posizione per sei mesi."

A Mace si seccò la bocca. Giappone, per sei mesi? Che. Cazzo.

Non si era reso conto di averlo detto ad alta voce finché la ex non sollevò le sopracciglia e lo guardò male. Non le era mai piaciuto sentirlo imprecare, ma poteva andarsene a fanculo.

"Ti trasferisci in Giappone? E Daisy? Col cazzo che la porti fuori dal paese. È anche mia figlia, dannazione."

Sul viso di Jeaniene si disegnò un'espressione addolorata e lei sospirò. "Non posso portarla con me,

Mace." Sussurrò come se nemmeno lei potesse credere alle proprie parole.

"Che cosa?" chiese lui, con voce roca. Non poteva aver sentito bene. Era impossibile che lei gli stesse scaricando la figlia senza avvisarlo o parlarne. Fece del proprio meglio per ignorare la valigia.

"Sarebbe meglio se Daisy restasse qui negli Stati Uniti. Lavorerò molto in Giappone e, onestamente, non so come farei a fare la madre a tempo pieno lì."

Mace batté le palpebre, totalmente confuso, e decise di ignorare la piccola speranza che aveva nel cuore di vedere più spesso Daisy. Si trattava di Jeaniene, dopo tutto: con lei niente era mai come sembrava.

"Ovviamente, i miei genitori si sono offerti di tenerla."

"Col cazzo. È *mia* figlia, non la loro." Anche se la famiglia di Jeaniene tendeva a dimenticarlo. "Se devi lasciare Daisy e girare il mondo, mettendo il lavoro prima di tua figlia, allora ti assicurerai che stia con il *padre*."

Jeaniene lo guardò con rabbia, ma non imprecò. Non era da lei. "Non gli avrei permesso di tenerla. A dispetto di quello che dicono, *sei* un buon padre. Mi uccide lasciarla qui con solo Skype e delle visite, se riesco a pianificarle; ma alla fine sarà la decisione migliore per noi, se divento socia. Lo faccio *per* lei."

Mace non ci credeva per niente, ma non era sicuro di avere parole per esprimere quello che provava.

Jeaniene guardò l'orologio e serrò le labbra in una linea sottile. "Non conosco i dettagli, ma ovviamente dovremo rispettare la legge. Lo studio ti manderà dei documenti sulla situazione temporanea e poi possiamo decidere quale sarà quella permanente. Devo andare o perdo l'aereo." Aveva gli occhi pieni di lacrime, ma lui le ignorò. "Mace, ho bisogno che badi a Daisy finché non mi schiarisco le idee. Sarà un vantaggio per il nostro futuro, lo so, ma... ma so anche che questo ti carica di molte responsabilità. Se è troppo, posso parlare con i miei genitori."

Lui alzò la mano, il petto gli andava su e giù. Non riusciva a credere a quello che stava succedendo. I gesti di Jeaniene negli anni non solo lo avevano sorpreso, ma anche fatto incazzare, ma quello... quello batteva tutto ciò che Mace avrebbe anche solo potuto sognare.

"Fammi capire bene: ti stai trasferendo in Giappone, adesso, senza preavviso, senza una telefonata per dirmi cosa cazzo stavi pianificando, e lasci qui Daisy. Di nuovo, senza preavviso. Non fraintendere, non è che non voglia che lei viva qui, non è che non la voglia sempre con me. Il fatto è che non sembra importarti che stai abbandonando tua figlia. Ma... fai come credi. Come sempre. Riguardo a quei documenti che mi devi mandare, puoi stare certa che mi procurerò un avvocato migliore di quello dell'altra volta. Ed è meglio che tu abbia qualcosa di scritto *adesso* prima che te ne vai, così i tuoi genitori non cercano di fare qualche merdata, o ti renderò la vita un inferno. Capito?"

Jeaniene alzò il mento e lo guardò. "Capito, Mace. Io ti ho *sempre* capito." Mise una mano nella borsa e ne tirò un fascio di carte. "Le ho già preparate, ti copriranno dalla mia famiglia. Ci occuperemo presto del resto. Per quel che riguarda Daisy, lo sto facendo *per* lei."

"Se è questo che ti fa dormire la notte."

Lei lo guardò e tornò in salotto, dove Mace immaginò stesse salutando la figlia. Lui sospirò e poi si aggrappò al piano della cucina, cercando di capire cosa cavolo fosse appena successo.

Da un attimo all'altro, era diventato un papà a tempo pieno.

E non aveva idea da dove cominciare.

CAPITOLO TRE

Era passata una settimana da quando Adrienne aveva visto cambiare drasticamente la vita del migliore amico e non era sicura che lei o Mace ci si fossero già abituati. Ancora non riusciva a credere al fatto che Jeaniene avesse lasciato il paese tanto in fretta e si fosse lasciata dietro non solo la maggior parte dei propri averi ancora da impacchettare, conservare o spedire, ma anche la *figlia*.

Che razza di madre si comportava in quel modo?

Certo, Mace aveva detto che la donna aveva ripetuto più volte che era per il futuro di Daisy, ma ad Adrienne non andava giù e non era sicura di riuscire a trattenersi dall'aggredirla verbalmente appena l'avrebbe rivista. Non erano mai state grandi amiche, quando Jeaniene e Mace erano stati insieme. L'altra era sempre stata un po' gelosa della relazione tra lui e Adrienne, anche se non era altro che un'amicizia platonica. Adrienne aveva odiato la tensione scaturita da un capriccio tanto sciocco e superficiale. Ma tra Mace e Jeaniene non c'era stata una relazione seria, almeno finché non era arrivata Daisy. Poi tutto era imploso e Adrienne aveva dato il meglio di sé per stare accanto al migliore amico e sostenerlo quando la situazione era peggiorata.

Forse, se Adrienne avesse conosciuto meglio la ex di Mace, le sarebbe piaciuta di più, ma da quello che aveva visto, non aveva prove per supportare quella probabilità. Quella situazione faceva schifo per chiunque fosse coinvolto, soprattutto Daisy.

Era passata una settimana da quando Jeaniene aveva lasciato la bambina al padre e lui era stato costretto a capire come essere un genitore a tempo pieno senza preavviso o preparazione, oltre a lavorare tutto il giorno. Certo, Daisy aveva una stanza a casa sua, vestiti, giocattoli e altro, ma lei e Mace avevano un ritmo per i loro *fine settimana* insieme, e non si avvicinava a quello di cui avevano bisogno in quel momento.

Per fortuna, Mace viveva nello stesso distretto scolastico della vecchia casa di Daisy, se ne era assicurato quando si era trasferito un paio di anni prima. Non aveva voluto sconvolgere la vita della bambina e sarebbe stato impossibile che Jeaniene si trasferisse per lui. Ciò, inoltre, aveva portato Mace a vivere ancora più vicino ad Adrienne e a lei non era dispiaciuto per niente.

Significava anche che Daisy non doveva cambiare asilo nido e poteva stare con gli amichetti quando sarebbe andata all'asilo e poi a scuola, a meno che tutto non cambiasse drasticamente di nuovo. Ma in quel caso gli sarebbe venuta qualche altra idea.

Mentre Mace e i genitori reggevano la maggior parte di quel peso, Adrienne faceva del proprio meglio per aiutarlo. I signori Knight badavano a Daisy durante il giorno, quando Mace doveva lavorare e la bambina non era a scuola. A Mace serviva del tempo e ad Adrienne serviva che lui lavorasse, dato che avevano appena cominciato. Ryan e Shep avevano accettato di dargli l'orario che gli fosse più utile per il momento. La sera, quando Adrienne non lavorava, andava a casa di Mace e si assicurava che padre e figlia avessero un pasto decente in tavola. Non era più brava di Mace in cucina, infatti lui era molto meglio, ma Adrienne sapeva che non sarebbe stato facile organizzare l'orario dei pasti, del bagno e della nanna durante la settimana, mentre cercava di non rendere la situazione troppo stressante per la bambina.

Per cui faceva il possibile per aiutarlo e cercava di

non mettersi in mezzo. Adrienne voleva bene a Daisy e avrebbe fatto di tutto per assicurarsi che Mace potesse essere il padre migliore possibile. Se ciò significava stressarsi per questioni al di là del proprio controllo, beh, si sarebbe impegnata.

"Hai la testa tra le nuvole," le disse Mace e la fece sobbalzare.

Adrienne non si era accorta che era tornato dopo essere andato a prendere da mangiare al ristorante lì vicino. Al vecchio negozio si portavano il pranzo, dato che le finanze erano scarse, ma visto che di recente avevano potuto pensare solo al lavoro e a Daisy, prepararsi il pranzo era l'ultima preoccupazione.

Si voltò, vide Mace con in mano una bottiglia d'acqua e il panino per lei e sospirò. "Mi hai spaventata a morte."

Lui sollevò un sopracciglio. "In quel caso, avresti urlato come quella volta nel labirinto di grano."

Lei lo guardò male ma non prese il panino, dato che non voleva mangiare alla propria postazione. "Non ho urlato troppo forte. *In quel caso,* nessuno me ne avrebbe fatto una colpa. C'era un *clown*, con una sega *circolare*, che mi dava la *caccia*."

Mace ridacchiò e si appoggiò alla mezza parete che formava la postazione di Adrienne. "Non ti ho mai vista correre così in fretta o saltare tanto in alto per evitare quel buco per terra che avrebbe dovuto rallentarti. Sembrava che facessi la corsa a ostacoli."

"Clown. Circolare. Caccia." Adrienne alzò la mano, sollevando le dita man mano che continuava la lista. "Le tre C della catastrofe."

"Sono sicuro che ci siano altre C che possano migliorare la situazione."

Per qualche motivo, il modo in cui Mace usava la voce roca per farla ridere la fece arrossire. Le guance le si scaldarono al punto che Adrienne sapeva che lui lo avrebbe probabilmente visto ma, con un po' di fortuna, Mace avrebbe pensato che fosse per la rabbia. Adrienne *non* si sarebbe imbarazzata, o peggio, eccitata, per colpa dell'uomo che aveva davanti.

C'erano confini che non attraversava e quello ne era uno.

Di recente, Adrienne aveva dovuto essere ancora più attenta alla direzione dei propri pensieri quando si trattava di Mace. Evidentemente, aprire un'attività mentre doveva pensare a mille altre cose le aveva fatto perdere di vista quello che era importante.

"Come ti pare, Knight." Adrienne deglutì rumorosamente e si allontanò per avere un po' di spazio. Mace era così *grosso* che finiva con l'occupare più spazio di chiunque conoscesse. Tenuto conto di quanto erano grossi i fratelli e i cugini di Adrienne, era tutto dire.

Lui le fece l'occhiolino e tornò al lato del tavolo dove aveva lasciato il panino. Ryan era alla propria postazione a lavorare e si sarebbe occupato della chiusura quando Adrienne e Mace fossero andati via perciò non volevano disturbarlo. Certo, erano tutti bravi a lavorare anche quando il negozio era pieno, ma Adrienne lo avrebbe lasciato lavorare in pace se poteva.

Lei e Mace si gettarono sul cibo mentre tenevano d'occhio l'eventuale arrivo di clienti senza prenotazione. Dato che pioveva ed era un giorno infrasettimanale, Adrienne non pensava che ce ne sarebbero stati, ma doveva restare all'erta. Era stata una giornata piena di familiari: Shep era andato a casa per passare la serata con la famiglia e Shea era già passata con Roxie, dato che loro si occupavano della contabilità del negozio. Presto anche Adrienne e Mace sarebbero andati a casa e avrebbero lasciato Ryan a occuparsi delle faccende dell'ultimo minuto, ma lei si fidava. Dopo tutto, non poteva essere lei ad aprire e chiudere *tutti* i giorni.

La maggior parte delle volte, però, sembrava essere così, dato che lei era quella senza legami o nessuno da cui tornare dopo una lunga giornata di lavoro e stress. Prima non le aveva mai dato fastidio: era sempre stata concentrata sui sogni e forse aveva tenuto un occhio aperto in cerca di un uomo che potesse essere *quello giusto*, ma non era stata una priorità. Però, al momento, per un motivo o per l'altro, non era più come prima. Forse perché aveva realizzato il sogno di avere un negozio tutto suo e, anche se doveva lavorare sodo per mantenerlo, quella voce sulla lista era stata spuntata. Per non parlare del fatto che Shep era tornato in città con la famiglia perfetta e Roxie era già sposata. Prima Adrienne non si era sentita lasciata indietro, ma più ci pensava più quella sensazione tornava.

Mace aveva Daisy a casa, e Thea... beh, Thea era malata di lavoro in panetteria tanto quanto Adrienne in negozio, forse loro erano le più simili.

"Hai di nuovo la testa tra le nuvole," disse Mace, che le sfiorò la spalla con la propria mentre si sedeva sul divano nella parte anteriore del negozio.

"Hai mai pensato a cosa significa davvero?" gli chiese, allontanando rapidamente i precedenti pensieri.

Mace aggrottò la fronte. "Sai, non lo so, e questo mi fa sentire un po' un idiota." Prese il telefono e cercò su internet. "Controlliamo."

Adrienne alzò gli occhi al cielo e non poté fare a meno di sorridere mentre lui cercava la definizione e imparavano qualcosa di nuovo. Beh, per lo meno con lui accanto non si annoiava.

"Quel tizio è tornato?" le chiese Mace, dopo che sistemarono la roba del pranzo e cominciarono a fare le pulizie nel resto del negozio.

Adrienne scosse la testa, sapeva esattamente a chi si riferisse. "No, ma credo proprio che si rifarà vivo. Shep sta cercando di scoprire chi sia, ma onestamente al momento siamo in un vicolo cieco. Non si è presentato, ci ha solo minacciato in modo vago e strano." Continuava a non sentirsi tranquilla e *sapeva* che da quella visita sarebbe arrivato dell'altro. Odiava dover aspettare finché non avessero capito qualcosa in più.

"Non voglio che tu stia qui da sola la sera, Adrienne, non se non sappiamo che problema abbia quel tipo, oltre ad avere una scopa su per il culo e un problema col ghigno."

Quell'uscita la fece fermare, con i pugni stretti sul bancone davanti a lei. "Scusa? Hai detto anche a Shep o a Ryan che non vuoi che *loro* stiano da soli?"

Il cliente di Ryan era appena andato via, per cui lui alzò la testa dal quadernetto prima di alzare le mani in segno di resa. "No, a me non ha detto niente; e per l'amor del cielo, tenetemene fuori."

Mace gli mostrò il dito medio, ma Adrienne non poté fare altro che guardare male il cosiddetto migliore amico. "Addi."

"Non chiamarmi *Addi*. So che sei iperprotettivo, ma ricorda che so badare a me stessa. In più, è una zona molto illuminata e, anche se sono l'ultima a uscire dal negozio, l'ho fatto per anni in quello vecchio. Non fare il maschione con me, Mace. Non la prenderò bene."

Ryan rise dal naso. "Maschione?"

Lei gli fece il dito medio, dato che poteva diventare iperprotettivo proprio come Mace e Shep, se pensavano che una delle loro *donne* fosse in pericolo. Non che Adrienne lo fosse mai stata quando usciva nel parcheggio. Come ogni altra donna sana di mente che camminava da sola la sera, andava verso l'auto con lo spray al peperoncino o le chiavi in pugno. Certo, quando lo aveva detto a Mace, lui l'aveva guardata ancora peggio.

Uomini.

"Dico solo..."

"Non dire niente. Non aspetterò che un uomo forte mi salvi solo perché io possa uscire, ma non mi comporterò da stupida. So che ci sono persone là fuori che se la prendono con le donne. Sono una donna e il fatto che vado verso la mia macchina in un certo modo e non sono mai stata attaccata dovrebbe farti capire qualcosa. Ma non passerò il tempo spaventata da quello che *potrebbe* succedere e non finirò col danneggiare gli affari e creare problemi con gli orari degli altri per questo motivo."

Mace sospirò prima di appoggiarsi al muro. "Capito. So che non avrei dovuto dire niente, ma quel tizio mi ha fatto venire i brividi e, francamente, non mi fido di ciò che ha in mente."

Adrienne sentì lo stomaco farle le capriole, ma lo ignorò. "È più probabile che ci denunci per qualche sciocchezza che non è colpa nostra, Mace. Dovremmo preoccuparci di questo, piuttosto." L'idea la teneva sveglia la notte, ma non lo avrebbe detto a Mace e Ryan.

"Ok, vuoi due: non possiamo risolvere la situazione al momento," si intromise Ryan. "Avete entrambi finito il turno e, dato che ve ne andate insieme, Mace può fare l'iperprotettivo e accompagnarti alla macchina; e tu, Adrienne, puoi guardarlo male tutto il tempo, sapendo che non cambierai i tuoi orari per permetterglielo."

"Comincio a chiedermi perché ti abbiamo assunto," osservò Adrienne con un ringhio, prima di andare a prendere la propria roba. Pioveva ancora di più e faceva freddissimo, le serviva il cappotto.

"Perché sono il genio dei tatuaggi e incasso facilmente le tue battute."

Mace si sbellicò e Adrienne non poté fare a meno di sorridere. "Come ti pare, Ryan, come ti pare."

Anche Mace andò a prendere la giacca e lui e Adrienne uscirono fianco a fianco nella pioggia battente per andare a prendere le auto. Siccome avevano parcheggiato lontano, quando Adrienne arrivò alla macchina era zuppa. Come sempre, i veicoli erano uno accanto all'altro e lei rivolse a Mace un finto saluto militare prima di sedersi al posto di guida.

Lui sorrise ed entrò nel pick-up, scuotendo la testa. Sì, litigavano, ma c'era un motivo se lei era la sua migliore amica. Adrienne capiva perché si preoccupasse per lei e Mace sapeva che sarebbe stata ancora più attenta quando camminava sola, ma che non avrebbe mai cambiato gli orari degli altri per adattarsi ai capricci di una persona iperprotettiva.

Adrienne girò la chiave nel quadro e poi imprecò quando sentì solo un clic. Nessun tentativo di avviamento, nessun suono strano, solo un clic.

"Che cazzo..." Riprovò con un respiro profondo per non perdere la pazienza e prendere a botte il volante. Si sarebbe solo rotta una mano e avrebbe solo peggiorato le condizioni del cofano.

"Dannazione!" urlò di nuovo all'ennesimo clic senza risultati.

Qualcuno le tamburellò sul finestrino e Adrienne urlò come in quel labirinto di grano, anche se era sicura che fosse Mace con la sua iperprotettività.

Aprì lo sportello dopo un lungo sospiro, poi prese la borsa e si assicurò che Mace si fosse spostato prima che lei si alzasse.

"Se mi chiedi di controllare sotto il cofano prima di me, ti do una ginocchiata nelle palle."

Continuava a piovere e lui scosse la testa. "Forse è la batteria, giusto?"

"Che ho detto del cofano? Non si tira a indovinare. Non si prova a risolvere il problema se prima non ho visto che succede."

"Andiamo, Addi, sta diluviando e mi sei di strada. Lasciamo qui l'auto invece di pensare a cosa c'è che non va, quando nessuno dei due è in grado di sistemare un motore. Domani chiamiamo il marito di Roxie per dare un'occhiata, domattina ti accompagno io al lavoro."

Il marito di Roxie, Carter, *era* un meccanico e, anche se fosse stata solo la batteria, (anche se lei non ne era sicura visto che non capiva nulla di auto) il tempo faceva tanto schifo che lei avrebbe finito con il prendere la scossa invece di far partire l'auto con i cavi.

"Va bene." La pioggia le scivolava lungo il collo e fra i seni, il cappotto non faceva nulla contro il freddo di ottobre o le precipitazioni. Sapeva di sembrare petulante, ma era stanca dei problemi di quell'auto. Gliene serviva tanto una nuova ma aveva consumato quasi tutti i risparmi per la casa e il negozio. Certo, aveva ancora dei soldi da parte, ma sapeva di doverli conservare per quando si metteva male. Mace le chiuse lo sportello alle spalle, prima di aprirle la portiera del passeggero della propria auto. Adrienne sospirò, lo abbracciò, perché si sentiva una bambina che faceva i capricci, e poi salì nel furgone.

Quando lui girò di corsa fino al lato del guidatore ed entrò nell'abitacolo, Adrienne appoggiò la testa al sedile e sospirò.

"Scusami se sono scontrosa. Grazie per il passaggio e per avermi aiutata con l'auto. So che piove e fa schifo e tu sei fantastico. Sono solo una brontolona."

Mace le strinse la mano prima di avviare l'auto e uscire dal parcheggio. "Non sei scontrosa o brontolona. Non proprio," aggiunse, quando lei rise dal naso. "Nonostante l'auto non partisse, non hai preso a calci le gomme o altro: fai progressi."

Adrienne non poté trattenere il sorriso che le si allargò sul viso quando lo guardò. "Ho preso a calci la ruota *una volta* e solo perché ero infastidita da Joe."

"Il tuo ex era un cretino, avresti dovuto prendere a calci la *sua*, di ruota, ma quello sarebbe stato un reato."

Mace non sbagliava a definire Joe un cretino, ma lei non lo vedeva da più di un anno. Batté le palpebre, la bocca secca.

Più. Di. Un. Anno.

"Santo cielo," sussurrò lei. Se non vedeva Joe da più di un anno, significava che non faceva sesso da più di un anno. Più di trecentosessantacinque giorni in cui aveva un orgasmo solo perché sapeva come toccarsi il clitoride e aveva una bella scatola di sex-toy.

Santo. Cielo.

Mace si voltò bruscamente verso di lei, prima di guardare di nuovo la strada. "Che c'è? Merda, pensavo di stare per colpire qualcosa."

Adrienne fece una smorfia. "Scusa. Almeno non hai sterzato."

"Che c'è? Sei pallida, sembra che ti stai per sentire male. Devo accostare?" Cominciò a rallentare e lei gli toccò il braccio.

"Sto bene. Davvero. Io... ho avuto un pensiero allarmante e, beh, mi ha sorpresa, tutto qui."

Mace continuò a guardare la strada mentre pioveva ancora più forte, ma lei lo vide confuso. Di solito gli diceva quello che pensava, ma non era certa di essere pronta a dirgli *quello*.

Mai.

Rimasero in un silenzio imbarazzato mentre Mace guidava verso casa di Adrienne e lei cercava di capire come avesse fatto a dedicarsi tanto poco alla vita amorosa e sessuale. Era stata impegnata con l'apertura del nuovo negozio e con i doppi turni al vecchio lavoro per mettere da parte abbastanza soldi prima di licenziarsi.

Era una scusa abbastanza facile, ma ancora non capiva come fosse successo.

Mace svoltò nel vialetto di Adrienne e la pioggia intorno a loro continuava a scrosciare, il vento soffiava contro il pick-up con tanta forza da farlo ondeggiare.

"Non puoi guidare così," disse lei, al di sopra del fragore del vento. "Dovrebbe smettere presto, ma almeno vieni dentro ad aspettare. Sai che questa zona si allaga. Daisy è con i tuoi genitori, giusto?"

Mace spense il motore e annuì. "Sì, sono a casa mia dato che non abbiamo ancora stabilito dei turni."

"Allora vieni dentro e aspetta che almeno si calmi il vento."

Il pick-up dondolò di nuovo.

"Mi sembra un buon piano," le disse guardandola. Poi, corsero entrambi nel vento e sotto la pioggia e risero mentre Adrienne cercava di infilare la chiave nella toppa. Finirono insieme in casa, Mace aveva le mani sugli avambracci di Adrienne, la teneva in equilibrio mentre scivolavano sul parquet e si sbattevano la porta alle spalle.

"Che follia!" rise lei, scuotendo la testa mentre guardava le gocce d'acqua che le cadevano dai capelli come se fosse appena uscita dalla doccia.

Mace le strinse le braccia, la lasciò andare e le

vennero i brividi. Adrienne pensò fossero dovuti alla pioggia che fuori stava diventando ghiaccio.

"È arrivata dal nulla. Spero che Ryan stia bene."

"Non dovrebbe avere problemi. Queste tempeste non durano mai a lungo. Non senza neve, almeno. Vuoi un asciugamani?"

Lui annuì e la seguì in bagno. Adrienne gli porse un asciugamani morbido e ne prese uno per sé. "Mi dici a cosa pensavi?"

Adrienne si immobilizzò. "Ehm..."

"Dimmelo, sono curioso." Si passò l'asciugamani sui capelli e Adrienne non poté fare a meno di guardare il modo in cui gli si contraevano i muscoli delle braccia. Il migliore amico era dannatamente sexy e, evidentemente, a lei serviva una scopata perché non riusciva a smettere di pensare a lui.

Non sarebbe venuto nulla di buono da quello che stava per dire, né dalla direzione che le stavano prendendo i pensieri ma, evidentemente, il freddo le aveva scosso il cervello.

"Pensavo che non faccio sesso da più di un anno." Fece una pausa, ma lui la guardò a occhi sgranati. "È passato talmente tanto tempo che tu sembri davvero un figo, tutto bagnato e barbuto."

Mace non disse nulla, si limitò a guardarla. Adrienne temeva di aver mandato tutto a puttane.

Doveva solo ridere e trasformarla in una battuta, dirgli che stava scherzando e che voleva farlo stare sulle spine.

Ma non disse nulla.

Non poteva dire nulla.

Nemmeno lui disse nulla.

Al contrario, chinò la testa e la fece sentire come se avesse rovinato tutto.

Poi la baciò.

Con foga.

CAPITOLO QUATTRO

Mace stava commettendo un tremendo sbaglio e non gli importava. Adrienne aveva il sapore del peccato e della seduzione e lui sapeva che, se avesse smesso di baciarla, avrebbe cominciato a riflettere su quell'impulso e avrebbe mandato ancora di più tutto al diavolo.

Quindi, continuò a baciarla.

Poi approfondì.

Le mise le dita fra i capelli e lei gli passò le mani sul petto, affondandole nella carne. I gemiti venivano soffocati dal vento e dalla pioggia all'esterno, che batteva sulla finestra del bagno, Mace non poteva fare a meno di esplorare la bocca di Adrienne.

Ci aveva fantasticato un sacco di volte, aveva immaginato di sentire il sapore di lei, di averla, di leccarle il collo e fra i seni prima di divorarla ovunque. Aveva pensato a come lei si sarebbe inarcata contro di lui mentre affondava dentro di lei e a come sarebbero venuti entrambi, ansanti e sudati.

Aveva lasciato vagare la mente perché era sempre stato attratto da Addi, ma non aveva mai voluto danneggiare la loro amicizia. Era ancora così, perché lei era l'adulta più importante nella vita di Mace, la relazione più forte che aveva con un'altra persona al di là di Daisy.

Perché la stava ancora baciando?

Mace stava per allontanarsi da lei quando Adrienne gli si avvicinò di più, il seno premuto contro il petto di lui. Quando gli passò le mani dietro la schiena per aggrapparsi a lui, Mace seppe che non poteva più evitare quell'errore.

Avrebbero affrontato in seguito le conseguenze, perché funzionava sempre così. Erano abbastanza forti da poter fronteggiare tutto e, in quel momento, Mace voleva solo affondare nella migliore amica e non fermarsi mai.

Infatti, non si fermò.

Le leccò e morse la mandibola, adorò il modo in cui Adrienne inarcò il collo in risposta. Mace non riusciva a leccarle tutta la spalla e non voleva fare altro che assaggiare ogni centimetro della pelle di lei, quindi si allontanò e le tirò la maglietta. Adrienne batté le palpebre con gli occhi sgranati e inondati di lussuria, poi lo aiutò a toglierle l'indumento.

Le restava ancora la canottiera, da cui Mace poteva intravedere del pizzo delicato che gli fece venire l'acquolina in bocca.

"Perché cazzo hai così tanti vestiti?"

"Perché se metto questo reggiseno con sopra solo una maglietta di cotone, si vede il pizzo in rilievo e non sono dell'umore di avere a che fare con dei maschioni che cercano di indovinare cosa ho sulle tette."

Mace scosse la testa e le tolse rapidamente la canottiera prima di chinarsi e succhiare un capezzolo coperto di pizzo. Adrienne gettò la testa all'indietro e gemette, gli mise una mano fra i capelli e lo spinse contro il proprio petto.

"Adesso sono io che ti sto sulle tette," le prese in giro lui, poi passò all'altro seno.

Adrienne rise e poi gemette mentre lui le abbassava il reggiseno per liberarle il petto.

"Quella era una..." Sussultò di lussuria. "...una battuta orribile. La peggiore di sempre."

"Lasciami rimediare." Le succhiò l'altro seno e le sganciò il reggiseno con una mano.

"Togliti la maglietta, potrebbe essere d'aiuto."

Mace sorrise e si allontanò per fare quello che lei gli

aveva chiesto... beh, che gli aveva ordinato; ma in quel momento non gli dispiaceva, soprattutto se glielo chiedeva in quel modo. Finché stavano pelle contro pelle, avrebbe fatto tutto quello che Adrienne voleva.

"Adoro i tuoi tatuaggi," sussurrò lei. "Cioè, so che sono stata io a farti quelli sulle gambe, ma il vecchio tatuatore che ti ha fatto *tutti* quelli sul petto e sulle braccia è stato maledettamente bravo."

Il petto e le braccia di Mace erano coperti da una moltitudine di tatuaggi che non solo erano interconnessi, ma avevano ognuno un significato diverso e personale. L'artista li aveva realizzati nel corso di dieci anni al vecchio negozio, prima di trasferirsi. Adrienne poi si era assunta l'incarico e, dato che Mace aveva la schiena libera, era sicuro che lei era pronta a giocare con quella tela.

Ma non in quel momento.

Mace la baciò di nuovo prima di tornare a dare attenzione al seno. "Sai che puoi prenderti la schiena quando finiremo il progetto."

"Tu starai *sdraiato* sulla schiena molto presto, Knight, tienilo a mente."

Mace si raddrizzò poi la baciò con foga. "Penso che tu ti sia confusa." Le passò le mani sulla curva morbida dei fianchi, poi ne spostò una sul ventre prima di infilargliela nei jeans.

Adrienne lo guardò negli occhi mentre le infilava le dita nelle mutandine e poi sul suo calore. "Mace."

Le passò delicatamente un dito sul clitoride, non fu facile dato che i jeans di Adrienne erano strettissimi, ma lo spazio limitato diede a entrambi un senso di urgenza che Mace sapeva li avrebbe tenuti in bilico.

"Sei già bagnatissima per me, Addi. Hai le mutandine zuppe e ti ho appena messo le dita nella passera." Fece avanti e indietro con un dito, la sfiorò appena perché non poteva muoversi come voleva e le guardò le pupille che si dilatavano e il respiro che si faceva sempre più veloce. "Farai la brava e mi verrai sulla mano senza toglierti i pantaloni? Fallo e ti lecco quella bella passera bagnata. Leccherò, succhierò e mangerò finché non mi vieni in faccia. Poi ti scoperò con forza finché non mi esplodi sull'uccello e mi graffi la schiena. Che ne dici?" Infilò un altro dito e il sesso stretto di Adrienne gli pulsò intorno. "Pensi di farcela? Puoi venirmi sulla mano?"

Erano nel bagno di Adrienne con la pioggia che scrosciava sulla finestra, ma lui riusciva solo a muovere le dita dentro e fuori da lei con carezze disperate e poco profonde mentre lei lo guardava a occhi sgranati.

"Vieni, Addi."

In risposta, lei si afferrò i seni e si inarcò contro di lui senza mai smettere di guardarlo.

Poi venne.

Mace aveva sempre saputo che lei era bella, l'aveva visto ogni giorno, ma non aveva mai avuto idea dello spettacolo e di quanto fosse radiosa e gli togliesse il fiato Addi quando veniva.

Lei gli strinse la passera intorno alle dita e le guance le si fecero incredibilmente rosse. "Mace."

Quando la sentì pronunciare il suo nome, lui la baciò di nuovo, con le dita che si muovevano ancora dentro e fuori dal fodero umido. Era fradicia e i suoni che producevano glielo fecero indurire oltre misura. Aveva quasi paura di venirsi nei jeans come un adolescente e, se non avesse fatto attenzione, non sarebbe riuscito a scoparla con foga come voleva.

Tolse le dita da dentro di lei, la guardò negli occhi e leccò la dolcezza dalle due dita che l'avevano fatta venire come una dannata dea.

"Santo cielo, è lo spettacolo più sexy che abbia mai visto."

Le fece l'occhiolino. "Perché non hai ancora visto il mio uccello."

Quando lei alzò gli occhi al cielo, Mace non poté fare a meno di sorridere. "Hai un ego enorme."

"Ti ho fatta venire solo con le dita, o no?"

"Sì, sì, sì. Adesso mettici la bocca, al posto delle dita, e poi vedremo."

C'era un motivo se quella donna era la migliore amica e quella boccaccia ne era solo una parte. La baciò di nuovo, con più lentezza in modo da assaporare il tempo insieme: Mace aveva la sensazione che, una volta che avessero abbandonato quella nebbia di sesso e pessime decisioni, non si sarebbero mai più toccati in quel modo.

Quando Mace si allontanò, le abbassò velocemente i jeans e le mutandine. In un'altra occasione, gli sarebbe piaciuto usare quello straccetto di pizzo per giocare con il sedere e il clitoride di Adrienne, ma non ne ebbe la pazienza. Lei squittì di sorpresa quando la sollevò per i fianchi e la fece sedere sull'armadietto del bagno. Poi la tirò verso il bordo, le allargò le gambe e la leccò in un unico movimento rapido solo per guardare il modo in cui lei si irrigidiva.

"Mi farai cadere," lo mise in guardia. "Non è il mobile più solido del mondo."

"E allora tieniti forte," ringhiò e le rimise la testa fra le gambe. Le leccò le pieghe e le strinse le cosce in modo da poterla allargare e infilzare con la lingua. Adrienne tenne le mani sul bordo del mobiletto per non cadere, ma Mace sapeva che c'era quasi perché tremava tutta mentre lui la leccava, succhiava, mangiava.

Quando lei cominciò ad ansimare e le cosce le

tremarono sotto le mani di Mace, lui le succhiò di nuovo il clitoride e la guardò dal basso.

"Mace."

Venne di nuovo. Lui la leccò, consapevole del fatto che, se non fosse entrato presto dentro di lei, sarebbe esploso. Si alzò in fretta e si slacciò i pantaloni, grato del fatto che avessero tolto entrambi le scarpe appena entrati dalla porta, dato che erano zuppi. Quando fu tra le gambe aperte di Adrienne e le impugnò i capelli, lei gli sorrise con l'aria di una donna ubriaca per la lussuria: Mace sapeva di avere la stessa espressione anche se non era ancora venuto. La baciò con foga, il bisogno che aveva di lei era diventato intenso al punto che non era sicuro che sarebbe mai riuscito a tornare indietro, almeno non del tutto.

"I preservativi di riserva sono nel cassetto," ansimò lei, le gambe strette intorno alla vita di Mace, la passera bagnata e calda contro lo stomaco di lui. Mace era felice che lei si fosse ricordata dei preservativi, perché in quel momento era talmente sexy che l'avrebbe scopata anche senza e nessuno dei due era pronto per quello. Diamine, non era sicuro che lo sarebbero *mai* stati.

"Di riserva?" le chiese, mentre cercava di aprire il cassetto. Trovò rapidamente la confezione di preservativi, la aprì strappandola e fece lo stesso con l'involucro prima di infilarsi il profilattico.

"Ne ho altri in camera. Questi stanno qui nel caso mi finiscano. Cioè, non è che voglio correre dalla camera da letto al bagno per un preservativo, sai? Fa passare la voglia."

In quel momento Mace non voleva *davvero* pensare a un altro uomo che scopava Adrienne, per cui cercò di allontanare il pensiero. "Per fortuna, io ti scoperò su questo mobile, per cui va bene così." La baciò con foga, poi si allontanò per poterla guardare negli occhi mentre scivolava dentro di lei un centimetro alla volta finché non fu completamente dentro il suo calore umido.

"Sei così dannatamente grosso," sussurrò lei, gli occhi che le brillavano per le risate. "Non riesco a credere di averlo detto ad alta voce."

Con un sorriso, lui spinse lentamente con i fianchi per entrare e uscire da lei. "Beh, a un uomo serve questo tipo di complimenti. E tu sei molto stretta. Combinazione perfetta."

Adrienne sollevò appena i fianchi, lo fece affondare più in profondità e gemettero entrambi.

"Cazzo," ringhiò lui. "Tieniti forte, Addi."

"Sì, finché mi fai venire."

Lui la baciò di nuovo. "D'accordo."

Poi *cominciò*.

Le aveva messo una mano sul fianco e la stringeva

tanto che sicuramente le avrebbe lasciato un livido. L'altra gliela teneva contro la nuca, in modo che le loro teste si toccassero, con gli occhi bassi, a guardare l'asta che entrava e usciva da lei: era l'immagine più erotica che Mace avesse mai visto. Sentì le palle contrarsi e seppe che, se non l'avesse fatta venire in fretta, lei lo avrebbe fatto sembrare un bugiardo con quella passera dolce.

Mace la baciò di nuovo e poi spostò la mano che le aveva messo dietro la nuca per toccarle di nuovo il clitoride. "Vieni, Addi, vienimi sull'uccello."

"Esigente."

Le diede un colpetto sul clitoride. "Bisognosa di attenzioni."

"Cazzo, sì," sussurrò lei, che esplose quando venne di nuovo. La passera era una morsa sull'uccello di Mace, che venne con lei e ingoiò il grido di Adrienne con un bacio, mentre spingeva dentro e fuori da lei con smania sull'onda di quell'orgasmo.

Presto il suono del loro respiro fu l'unico a sentirsi in bagno: Mace guardò la finestra e si rese conto che aveva smesso di piovere e il vento non scuoteva più la casa.

Poi fu investito dalla realtà della situazione.

Doveva andare dalla figlia ed era già tardi, perché aveva passato l'ultima mezz'ora a scopare la migliore amica nel bagno di lei. Aveva ancora l'uccello dentro e nessuno dei due aveva detto nulla, perché erano venuti con tanta foga che Mace avrebbe visto le stelle per un'altra ora.

Avevano commesso un errore enorme: mentre la guardava negli occhi, era certo che lo sapesse anche lei. Ma invece di baciarla come avrebbe dovuto e di dirle che sarebbe andato tutto bene, uscì da lei e si liberò del preservativo. Come faceva ad andare tutto bene, quando nessuno dei due aveva parlato di quello che era appena successo? Quel... bisogno che avevano avuto l'uno dell'altra poteva essere sempre esistito, ma averlo assecondato era stata una scelta improvvisa.

"Devo andare da Daisy."

Adrienne batté le palpebre, poi chiuse le gambe e si coprì il seno il più possibile con un braccio, infine annuì. Era un fottuto bastardo, ma non sapeva cosa dire per sistemare tutto.

Mace stava rovinando il miglior rapporto che avesse perché era in alto mare, ma non aveva idea di come rimediare.

"Vai, si starà chiedendo dove sei." Adrienne non lo stava sgridando, non sembrava soffrire, ma la mancanza di emozione diceva tutto.

"Passo a prenderti domani mattina?" le chiese,

mentre si infilava i jeans. "Ricordati di chiamare Carter stasera."

Adrienne annuì mentre ancora si copriva con le mani, anche se lui aveva già assaggiato ogni centimetro di quello che lei gli nascondeva. "Va bene." Si schiarì la gola. "Ehm, ci vediamo domani."

Lui la guardò negli occhi, voleva che uno dei due dicesse una parola, *una qualsiasi*, per migliorare la situazione. Ma non si erano detti nulla prima di quel momento focoso e, con tutte le emozioni che erano state a mille, sapevano che non avrebbero parlato nemmeno allora.

Non ancora.

"Ok, allora."

"Ok. Ciao, Mace."

Lui deglutì rumorosamente. "Ciao, Addi."

Poi lasciò la migliore amica seduta sul mobiletto del bagno, nuda non solo fisicamente, mentre lui si infilava la maglia e le scarpe prima di uscire da casa di lei e sperare di non aver mandato a puttane il loro rapporto.

IL MATTINO SUCCESSIVO NON FU imbarazzante.

Fu *dannatamente* imbarazzante.

Dopo aver lasciato Adrienne a casa senza parlare di quello che era importante (perché *figurarsi* se ne avessero parlato), era andato a casa dei genitori a prendere Daisy. Né i suoi né Daisy avevano detto nulla del fatto che fosse in ritardo, forse perché tutti avevano pensato fosse stato a causa della pioggia. Indirettamente era stato così, certo, ma sarebbe andato all'inferno per le decisioni prese quel giorno.

Si era rigirato a letto tutta la notte, non riusciva a togliersi il sapore e la sensazione della migliore amica dalla testa. Le aveva quasi scritto innumerevoli volte ma non sapeva cosa dirle. Non rimpiangeva quello che aveva provato mentre era con lei, ma di certo il modo in cui l'aveva fatta sentire quando era andato via. Avrebbero dovuto parlare, pensarci bene prima di agire, invece di seguire un impulso che avrebbe potuto rovinare la loro amicizia. Ma non era andata in quel modo: avevano ceduto alla tentazione e Mace avrebbe dovuto trovare un modo per far sapere ad Adrienne che lei era ancora tutto per lui e che sarebbe andato tutto bene. Non voleva che si sentisse usata.

Era un bastardo. Un dannato bastardo.

Poi la situazione era diventata dannatamente imbarazzante quando era andato a prenderla a casa quella mattina. Adrienne lo aspettava sul portico, ma non si erano mandati messaggi come facevano di solito. Mace aveva bevuto solo una tazza di caffè mentre preparava Daisy per la scuola e non aveva sentito per niente la migliore amica. Non sapeva come avrebbe fatto ad andare avanti, se non avesse trovato un modo per rimediare. Adrienne era parte di ogni sfumatura della sua vita e ne era sempre stato felice. Se l'avesse persa... diamine, non avrebbe saputo che pesci prendere.

Chiacchierarono del meteo (evitando di proposito di parlare di tempeste o di pioggia) e dei progetti che avevano per quella giornata. Parlarono anche di Carter, che quella mattina era già passato dal parcheggio per portare l'auto di Adrienne in officina, prima ancora che Mace si fosse svegliato; Carter aveva orari strani. Non parlarono di quello che era successo fra loro e Mace sapeva che, se doveva sistemare la questione, doveva dire qualcosa. Ma che poteva dire senza fare altri casini o farsi dare un meritato calcio nelle palle? Non ne aveva idea, ma *doveva* aprir bocca.

Aveva passato qualche ora a lavorare, con Shep impegnato su un tatuaggio sulla schiena di un cliente, Ryan al telefono con qualcuno che doveva prendere appuntamento per la prima volta, Addi alla propria sedia a lavorare a uno schizzo per il prossimo cliente. Mace immaginò che, quando gli altri due se ne fossero andati, avrebbe potuto riflettere su cosa dire prima che lui e Adrienne chiudessero il negozio. Era un adulto, dannazione, poteva farcela. Aveva già fatto sesso altre volte, ma era stata la prima volta con la migliore amica, per questo si comportava da pazzo.

Ignorando il bisogno schiacciante di *affrontare* quello che era successo, Mace andò in postazione e si mise a lavorare al prossimo progetto. Era un tatuaggio che avrebbe coperto tutta la schiena di un sergente capo in pensione che non se ne era mai fatto uno in tutta la carriera militare. Mace sapeva che era importantissimo e voleva renderlo perfetto, per cui si stava prendendo del tempo per impegnarsi al massimo.

Si sentì una mano strofinargli qualcosa sul braccio e sobbalzò, poi si guardò alle spalle prima di immobilizzarsi.

Adrienne era dietro di lui a occhi sgranati e con le mani alzate. "Avevi della marmellata sulla maglia."

Mace batté le palpebre e poi cambiò posizione sullo sgabello per guardarla, anche se doveva alzare la testa per vederla in faccia. "Oh, ehm, stamattina è stato difficile preparare tutto per Daisy, compresa la merenda."

Adrienne lo guardò divertita, prima di tornare a essere imbarazzata. "Beh, adesso non c'è più."

Mace si schiarì la gola e cercò di togliersi dalla testa il ricordo del suo tocco. Gli aveva a malapena sfiorato la spalla per pulirlo dalla marmellata, ma lui si era scaldato alla sola idea di averla così vicina. Dovevano sistemare la situazione e presto.

"Ehm, puoi venire con me a prendere un caffè?" Il *dobbiamo parlare* inespresso galleggiava tra loro.

Adrienne inclinò la testa e studiò l'espressione di Mace prima di annuire lentamente. "Ok. Fammi prendere la borsa."

Lo lasciò e lui andò a chiedere agli altri come volessero il caffè, assicurandosi di non guardare Shep negli occhi. Tanto valeva rendere reale la scusa per parlare con Adrienne.

"Abbiamo entrambi un cliente fra mezz'ora, dobbiamo fare in fretta. Colorado Icing o il ristorante?" Colorado Icing era la pasticceria di Thea e faceva il caffè migliore. Quando lui lo disse, Addi sorrise, ma non con gli occhi. Mace *doveva* rimettere quella faccenda a posto.

Non dovettero andare molto lontano prima di rientrare, per cui Mace la prese per un braccio prima che entrassero nel negozio. "Dobbiamo parlare."

Adrienne si mise le mani nelle tasche della giacca e dondolò sui talloni. "Me ne ero accorta."

Mace non sapeva cosa dire per migliorare la situazione, per cui straparlò sperando che, da qualche parte del delirio, ci fosse qualcosa di giusto.

"Non si ripeterà più, giusto? Perché siamo amici,

Addi. Non so che farei se mandassimo tutto a puttane. È stato un errore cedere senza prima parlarne, è stato stupido. Non voglio rischiare il mio rapporto con te, Addi. Non solo abbiamo appena avviato una società insieme, ma sei anche il mio capo, e adesso sono un padre a tempo pieno. Diamine, non sto dicendo niente di giusto ma non possiamo mettere a rischio quello che abbiamo. Quello che c'è fra noi è speciale e non voglio giocarmelo, perché se mandiamo tutto a puttane farà schifo. Sei la mia migliore amica, Adrienne, l'unica persona, al di là della mia famiglia, che è una costante nella mia vita. Non voglio che quello che è successo fra noi sia un tale sbaglio da farci perdere quello che abbiamo."

Adrienne socchiuse gli occhi e serrò la mascella prima di parlare. "Primo, chiama di nuovo *errore* quello che è successo e ti do un pugno sull'uccello. Non può accadere di nuovo e non ne parleremo mai più; ma non dire mai, *mai*, in faccia a me o a un'altra donna che è stata un errore. Ci siamo capiti, Knight?"

Mace si passò una mano sul viso. "Porca miseria, non ne dico una giusta." Fece un respiro profondo, prima di prenderle il viso tra le mani e guardarla negli occhi. "Ho amato ogni secondo con te, Addi. Ogni singolo dannato secondo. Ma avremmo dovuto parlarne prima perché, evidentemente, non sono bravo a parlarne dopo. Non so cosa succederà né se dovremmo considerarlo... beh, in qualche modo, ma so che voglio che tu resti nella mia vita a ogni costo. Farei di tutto per non perderti, di tutto."

Adrienne si appoggiò a lui, si rilassò e sospirò. "So che è stata colpa della foga del momento e del tempo impazzito, ma è piaciuto anche a me. Non so come dovremmo comportarci al riguardo, a parte cercare di non ricascarci, anche se dobbiamo riconoscere che è stato del sesso fantastico."

Una donna anziana li guardò male mentre entrava in macchina, ma a Mace non importava. Stavano parlando all'aperto nel bel mezzo della zona commerciale, ma quella discussione non poteva aspettare.

"Non dimenticheremo né ignoreremo quello che è successo, ma cercheremo anche di non farlo capitare di nuovo senza prima parlarne."

Adrienne annuì. "Questo significa che *potrebbe* succedere di nuovo?"

Mace si leccò le labbra, consapevole del fatto che, se avesse dato la risposta sbagliata, avrebbe potuto perdere Adrienne. "Forse? Non lo so, Addi. Tutto quello che ho detto riguardo al fatto che sei il mio capo e che sto cercando di capire come fare il padre, beh, era vero."

"E io sono super impegnata a cercare di restare a

galla mentre superiamo i primi sei mesi del negozio. Ma..."

Lui annuì. "...ma è stato fantastico."

"Per forza. Eravamo noi due."

Mace abbassò la testa e poggiò la fronte contro quella di lei. "Non dirò la parola con la *e* un'altra volta, ma non mandiamo tutto a puttane."

"Non abbiamo idea di quello che ci sta succedendo," sussurrò lei. "Neanche mezza."

"Niente. Ma continuiamo così."

Mace non aveva idea di che volesse dire, ma c'erano dentro insieme e pregò di non rovinare tutto ancora di più.

CAPITOLO CINQUE

Adrienne inarcò i fianchi, si mise una mano fra le gambe e immaginò la barba ruvida di Mace che le graffiava le cosce mentre gliela leccava. Per quanto in precedenza avesse avuto una fervida immaginazione, sapere esattamente quale fosse la sensazione che le dava la lingua di Mace sulla passera rendeva la masturbazione ancora più eccitante. Fece scivolare le dita fra le pieghe, ne infilò uno, poi un altro, e le fece andare avanti e indietro prima di toglierle e passarsi la propria umidità sul clitoride. Si stringeva un seno con una mano e si diede piacere fino a venire, tremante per l'orgasmo che le piombò addosso e la fece formicolare dalla punta dei piedi fino alle orecchie e ai capezzoli.

"Andrò all'inferno," sussurrò, mentre si accarezzava pigramente il clitoride. "Di corsa."

Erano passati due giorni dal miglior sesso della sua vita con il migliore amico: anche se ne avevano parlato, Adrienne era ancora più confusa che mai.

Avevano detto che:

1. era stato fantastico;
2. probabilmente non sarebbero dovuti tornare a letto;
3. era stato fantastico;
4. probabilmente sarebbero tornati a letto;
5. era stato fantastico;
6. avrebbero finito col rovinare tutto perché era stato del sesso fantastico.

Si sdraiò di nuovo, con la mano lungo il fianco mentre cercava di riprendere fiato. L'abitudine mattutina di masturbarsi sarebbe diventata più complicata del necessario grazie al signor Uccello Grosso e Fianchi da Urlo.

Se lo avesse chiamato così, sarebbe morta dall'imbarazzo.

Non avrebbe dovuto pensare a Mace e al sesso. *Avrebbe dovuto* superare quella mancanza di giudizio e cominciare a concentrarsi sul lavoro e sulla famiglia, come sempre. Al contrario, era a letto prima che suonasse la sveglia e si masturbava pensando alla lingua talentuosa di Mace al posto delle dita.

Sarebbe andata all'inferno.

Con un sospiro, si alzò dal letto, prese il telefono per disattivare la sveglia e quasi cadde perché aveva ancora le mutandine all'altezza delle caviglie.

Ecco Adrienne Montgomery, la grazia fatta persona.

Si tolse le mutandine con un calcio e si trascinò fino al bagno per prepararsi. Certo, non poteva guardare il mobiletto del lavandino senza arrossire e stringere le cosce. Era *appena* venuta, ma vedere dove Mace l'aveva scopata le fece venire ancora voglia.

"Credo che sia per questo che ho il soffione della doccia," borbottò e andò di nuovo a peccare, mentre pensava di avere Mace fra le gambe, usando l'acqua calda invece delle dita. "Andrò *proprio* all'inferno."

Le faceva male tutto ed era sicura che le parti basse sarebbero sempre state gonfie e in cerca di attenzioni grazie al pensiero di Mace, ma arrivò finalmente al parcheggio per aprire il negozio con un disperato bisogno di caffeina. Forse quel giorno sarebbe stato diverso e non avrebbe voluto simultaneamente scoparsi il migliore amico e nascondersi.

Non veniva mai niente di buono dal fare sesso con un amico.

Niente.

Tranne quei fantastici orgasmi, ma *non* ci avrebbe pensato. Di nuovo. Doveva lavorare, diamine.

Adrienne diede il meglio di sé per dimenticare come si fosse tenuta occupata quel mattino, o *ogni altra* mattina, mentre pensava a Mace; poi uscì dall'auto. Il cognato, Carter, aveva sostituito un pezzo nel cofano di cui lei non avrebbe ricordato il nome nemmeno se gliene fosse dipesa la vita. Se necessario, Adrienne sapeva aggiustare di tutto in casa e al negozio ma, se le si parlava di parti di auto, dimenticava l'informazione all'istante. Ciononostante, Carter le aveva detto che la vita di quell'auto era agli sgoccioli, ma lui avrebbe fatto il possibile per permetterle di guidarla ancora. Il cognato le piaceva, anche quando le dava brutte notizie su quella che lei sapeva già essere una causa persa.

Era davanti al negozio quando si bloccò e si rese conto che c'era qualche altro negoziante che fissava le vetrine di Adrienne.

"Santo cielo," sussurrò, con il telefono in mano mentre cercava di accettare quello che vedeva.

"Adrienne!" la chiamò Thea mentre correva verso di lei con il cellulare in mano. "Stavo per chiamarti.

Telefono subito a Shep. Mi dispiace, tesoro. Non so a cosa pensassero quei pazzi."

Adrienne annuì e lasciò che la sorella minore le facesse da mamma come le piaceva tanto. Riusciva solo a fissare il negozio e quello che quei mostri avevano combinato.

Sulla facciata c'erano grosse macchie di vernice rossa, verde, blu e nera. Qualcuno aveva usato una bomboletta spray rossa per scrivere insulti sulle vetrine e altre parolacce che le sarebbero rimaste impresse per sempre. Certo, anche lei aveva parole come *puttana* e *fanculo* nel suo vocabolario, ma lo rendeva ancora più spaventoso vederle sulla facciata del negozio, in contrasto con il bellissimo sfondo delle colline e con la vernice immacolata degli altri edifici.

Qualcuno le aveva marchiato il negozio e aveva fatto un lavoro con i fiocchi.

Adrienne non riusciva a pensare mentre Thea chiamava la polizia e spiegava l'accaduto. Avrebbe dovuto essere Adrienne a farlo, non la sorella. Era il suo negozio, dopo tutto. Suo e di Shep.

Qualcuno lo aveva sfigurato.

Sentì mani forti scivolarle intorno alla vita e si voltò, pronta a tirare un pugno, ma si fermò quando si accorse che si trattava di Mace.

"Che cazzo, Addi?" le chiese ma, dato che guardava

il negozio e non lei, Adrienne sapeva che non lo aveva detto perché lo aveva quasi picchiato, ma per quello che era successo al loro posto di lavoro.

"Non lo so." Lei deglutì rumorosamente, poi smise di pensare solo a se stessa, perché aveva del lavoro da sbrigare e un'attività da salvare. "Ma lo scopriremo." Si voltò verso Thea. "La polizia sta arrivando?"

La sorella annuì. "Sì, hanno detto di non entrare e di non toccare nulla, non si sa mai."

Adrienne annuì senza districarsi dalla stretta di Mace, dato che le dava la forza di cui aveva disperatamente bisogno: non avrebbe allontanato qualcuno a cui appoggiarsi quando le serviva. Per lo meno, sperava che la ragione fosse quella.

"Ok. Io chiamo Shep. Mace, puoi chiamare Ryan? Fallo venire qui, se ci riesci. Una volta che i poliziotti avranno finito con le dichiarazioni, le foto o che so io, dobbiamo cominciare a pulire. Avevamo dei clienti oggi e col cavolo che lasceremo tutto così, se possiamo evitarlo."

"Adrienne…" cominciò Thea, ma lei scosse la testa.

"Grazie di tutto," le disse e poi guardò la folla di benintenzionati, inclusa l'ultima arrivata, la proprietaria della sala da tè della porta accanto. "Tornate al lavoro. Mi dispiace se questo rovinerà la vostra attività per oggi, ma spero che riusciremo ad arrivare in fondo alla questione."

Era incazzata. C'era già uno stigma sulle attività come la sua in quella zona e il negozio era stato imbrattato da qualcuno che pensava di divertirsi. Adrienne avrebbe voluto cominciare a pulire subito e dimenticarsene in modo da poter andare avanti, ma c'erano delle procedure da seguire, quindi doveva aspettare.

Ma non voleva.

Abby, la proprietaria di Teas'd, il negozio che vendeva tè biologico che aveva aperto poco prima della Montgomery Ink Too, andò da lei con due tazze di quello che Adrienne suppose fosse tè.

"Tè alla cioccolata bianca e alla menta," spiegò Abby. "È uno dei preferiti del momento. Bevilo e aspetta la polizia. So che la situazione fa schifo, ma appena potrai pulire siamo tutti qui per te." Adrienne si guardò intorno e gli altri negozianti, inclusa Thea, annuirono. "Qui siamo una squadra e non ci piace che qualcuno faccia del male a uno dei nostri."

Adrienne prese con gratitudine il tè e ne bevve un sorso con cautela, con gli occhi che quasi le schizzavano dalle orbite. "È fantastico."

Abby le fece l'occhiolino. "Sto lentamente allontanando tutti dal lato oscuro del caffè."

"Con questo, sei sulla buona strada," disse Mace

accanto ad Adrienne. Le aveva lasciato il fianco quando Thea aveva parlato e Adrienne ne era stata grata, dato che la sorella intuiva fin troppo.

Nonostante Adrienne avesse detto a tutti di andarsene, erano rimasti fino all'arrivo della polizia, che aveva scattato foto e raccolto dichiarazioni. Shep e Ryan erano arrivati subito dopo, la rabbia sui visi era palpabile. Quando i poliziotti se ne andarono dicendo che sarebbero rimasti in contatto e che si poteva cominciare a pulire, Adrienne non si sentiva meglio. Si sentiva ancora arrabbiata, ferita e persa, ma in quel momento aveva una lista di faccende da sbrigare. Qualcuno aveva osato ferire i Montgomery e non si sarebbe lasciata abbattere. Avrebbero scoperto chi fosse stato e poi... beh, avrebbe lasciato che ci pensassero i poliziotti. Ma si sarebbe assicurata che il negozio brillasse come un faro di speranza e arte, perché non avrebbe mai permesso a qualche stronzo con della vernice di rovinare tutto quel duro lavoro. Non quella volta.

Si ritrovò presto al telefono con un cliente che avrebbe dovuto vedere quella mattina ma a cui sapeva di dover rimandare l'appuntamento. Ci sarebbe voluta tutta la squadra per ripulire quello che avevano combinato i vandali e, onestamente, non voleva che i clienti lo vedessero. Per fortuna, non erano state rotte finestre né arrecati danni permanenti. Lavare la facciata con la pompa a ottobre in Colorado non sarebbe stato divertente, ma almeno non nevicava. Avrebbero strofinato, usato le pompe se necessario e ridipinto. Per fortuna, avevano già la vernice nel deposito nel retro, perché era avanzata quando avevano finito i lavori.

Non avevano aperto da nemmeno un mese e già qualcuno aveva cercato di rovinare il negozio. Adrienne fece del proprio meglio per non prendersela troppo.

Sentì un braccio sulle spalle appena riagganciò il telefono e si appoggiò al tocco del fratello maggiore. Avrebbe riconosciuto gli abbracci di Shep fra mille. Era più grande di lei di qualche anno e l'unico maschio della famiglia. Si era trasferito a New Orleans talmente tanto tempo prima che le sembrava strano rivederlo a Colorado Springs. Quando erano piccoli, lui passava sempre il fine settimana con Austin a Denver, perché era più grande delle sorelle e non voleva giocare solo con loro. Ad Adrienne non era dispiaciuto, perché quello significava poter spiare i ragazzi con Thea e Roxie ogni volta che Austin veniva a trovarli. Era quello che facevano le sorelline, dopo tutto.

Ma il fratello era cresciuto ed era tornato a casa con una moglie e una figlia. Adrienne era felicissima di poter essere zia di persona e non in videochiamata, anche l'idea di tenere in braccio Livvy riusciva a rendere il suo sorriso reale in quel momento.

"Come stai?" le chiese Shep, prima di baciarle i capelli. La barba era abbastanza lunga da aggrovigliarsi ai capelli di Adrienne, che si allontanò e lo guardò socchiudendo gli occhi.

"Sto bene. Staremo bene. Dobbiamo solo arrivare in fondo alla lista e poi possiamo aprire."

Shep scosse la testa. "Tesoro, non credo che apriremo oggi. Di sicuro domani, ma oggi credo che ci vorrà tutta la giornata per togliere tutta questa merda dalle pareti e darci una ripulita. Poi saremo troppo stanchi fisicamente e prosciugati emotivamente per tatuare."

"Faremo una grande riapertura," disse Ryan, con in mano una pila di secchi e una pompa avvolta intorno alla spalla.

"Non puoi farla tre settimane dopo la prima," disse lei tranquilla, poi andò ad aiutarlo a portare un po' di quel carico. "Dov'è Mace?" Non lo vedeva da quando l'aveva stretta a sé appena arrivato. Aveva intenzione di parlargli di... beh, non sapeva come sarebbe andata quella conversazione, ma era certa che non ci sarebbe stata quel pomeriggio. Forse mai. Non con quello che stava succedendo. Mace aveva ragione: le loro vite erano già troppo complicate per aggiungere altro e rovinare tutto.

Ryan alzò la testa e indicò con il mento. "Sta prendendo il resto dal furgone."

"Ci penso io," disse Shep e corse fuori dal negozio verso il punto in cui Mace aveva parcheggiato. Erano arrivate altre persone ad aiutarli e, per quanto Adrienne fosse loro grata, non voleva che qualcun altro vedesse cosa era successo al loro negozio. *Odiava* il fatto che fosse tanto alla luce del sole e, per quanto alcuni fossero stati gentili, altri la guardavano con troppa pietà.

Odiava che si stesse solo lagnando. Ruotò le spalle e andò ad aiutare Mace a scaricare il furgone. Lui e Ryan si erano offerti di prendere tutto, mentre lei e Shep si occupavano del negozio e dei clienti e di cominciare a pulire con quello che avevano.

Appena Adrienne ebbe in mano un secchio e una spugna, lei e Mace si ritrovarono fianco a fianco e lei sospirò: le parole sulle pareti le sembravano diventare sempre più grandi e luminose in contrasto con il color crema originale.

Mace si chinò a sussurrarle all'orecchio, il respiro caldo le mandò brividi lungo la schiena. "Ce la puoi fare, Addi: non sei sola."

Inconsciamente, si appoggiò a lui, ben sapendo che

il fratello la fissava, ma in quel momento non le importava. Per il mondo esterno, lei e Mace erano amici e non era strano che si appoggiasse a lui. Per lo meno, era quello che lei sperava.

"Possiamo farcela," disse lei. "Perché dobbiamo."

"Lo sai, tesoro, lo sai."

Quando ebbero pulito ogni centimetro della facciata del negozio e parte di quella di Teas'd che era stata sfregiata (fatto di cui Adrienne non si era accorta subito), erano tutti e cinque lerci, sudici e coperti di sporco e vernice. Abby non si era tirata indietro quando Adrienne le aveva detto che avrebbero pulito anche la facciata del suo negozio. Al contrario, si era sporcata insieme a loro e se ne era andata da poco perché doveva andare a prendere la figlia dalla babysitter. Adrienne non la conosceva bene, ma sapeva che il padre della bambina non c'era, anche se non aveva idea del perché. C'erano solo voci e non era certa di potersi fidare.

Shep era stato costretto ad andarsene perché doveva stare con Livvy, dato che Shea doveva lavorare; inoltre, Adrienne aveva detto a Ryan che poteva tornare a casa. Il fratello aveva avuto ragione: non sarebbero riusciti ad aprire per quelle poche ore rimaste nella loro lunga giornata di lavoro, per cui si era arresa e si era detta che non avrebbe pianto, non prima di essere a casa da sola con del vino e nella vasca da bagno.

Si ritrovò presto sola in negozio con Mace e, anche se sapeva che avrebbero dovuto parlare, non poté fare a meno di passargli le braccia intorno alla vita e seppellirsi in quella stretta. Aveva bisogno del migliore amico dopo una giornata come quella e lui lo sapeva.

"Andrà tutto bene, Addi. Sembra tutto come nuovo e domani saremo di nuovo al lavoro." Le passò una mano dietro la schiena e le baciò i capelli. Shep aveva fatto lo stesso, ma non c'era niente di fraterno nel modo in cui Mace la stringeva e la toccava.

"Fa tutto schifo. Voglio solo deprimermi per un po'." Si aggrappò a lui più forte e sospirò. "Devi andare a prendere subito Daisy?"

"Sarà a scuola per un'altro paio d'ore, poi vanno a prenderla i miei. Sono felici di essere più coinvolti adesso che possono vederla più spesso e a Daisy piace stare con loro. La routine la aiuta perché certe volte non ho idea di cosa sto facendo."

Adrienne aggrottò la fronte e lo guardò. "Te la stai cavando bene, Mace. Sei passato da un fine settimana al mese a fare il padre a tempo pieno, ci stai mettendo tutto il tuo impegno *e* ti stai facendo aiutare dalla famiglia. So che le tue sorelle arriverebbero di corsa, se tu glielo chiedessi."

Mace aveva due sorelle che vivevano a Denver. Erano già venute il fine settimana precedente per stare con Daisy, ma lavoravano tutto il giorno e non potevano mettersi in macchina per un'ora ogni sera, anche se Adrienne sapeva che avrebbero voluto.

"Sei molto intelligente. Lo sapevi?"

Adrienne batté le palpebre. "Certo che lo sapevo."

Lui sorrise, poi la sorprese quando si chinò a baciarla. Le passò la lingua sulle labbra e lei le aprì, lo desiderava più di quanto pensasse possibile.

"La porta è chiusa?" le chiese lui, con voce roca. Le prese il viso fra le mani e lei dovette battere lentamente le palpebre per capire cosa le avesse detto.

"Sì?"

"Era una risposta o una domanda?" la prese in giro, prima di morderle il labbro inferiore.

Lei inspirò e si allontanò, anche se non smise di toccarlo. "La porta principale è chiusa e abbiamo abbassato le tende, ma cosa mi stai chiedendo esattamente?"

"Non sto chiedendo niente, ma sto *pensando* di portarti in quello sgabuzzino e farti quello che voglio, così smetti di pensare." La baciò di nuovo. "A questo servono gli amici, Addi. Questo è quello che sono, indipendentemente da quello che succede fra noi: sono tuo *amico*."

Lei deglutì rumorosamente, senza sapere come rispondere, così gli baciò la mascella per fargli abbassare la testa e permetterle di baciarlo sulle labbra. Quando lui le strinse il sedere e la sollevò affinché lei potesse mettergli le gambe intorno alla vita, Adrienne capì che forse stavano commettendo un altro errore, ma non poteva combattere il desiderio che provava per lui.

Non sapeva cosa aspettarsi da Mace Knight, ma non poteva fare a meno di desiderarlo.

Non più.

Indipendentemente da quanto le sarebbe costato.

CAPITOLO SEI

Mace appoggiò Adrienne su una pila di scatole nello sgabuzzino per poter chiudere la porta. Erano gli unici rimasti nel negozio ma, anche se la porta principale era chiusa, il fratello di Adrienne aveva la chiave. La salute di Mace sarebbe stata a rischio, se Shep avesse visto quello che voleva fare alla sorella.

"Togliti la maglietta," le ordinò, quando gliela tirò sopra la testa.

"Siamo coperti di vernice, sporco e chissà cos'altro. Questo è probabilmente il momento *peggiore* per fare sesso."

Mace chinò la testa e la baciò. "Allora ti succhio i capezzoli e la passera, poi ti scopo con forza. Non c'è bisogno di leccare dove è finita la vernice."

Lei sollevò le sopracciglia, ma si slacciò il reggiseno.

Il pizzo le cadde in grembo e le lasciò il seno nudo. Mace adorava guardarle i capezzoli, tutti rosa contro la pelle pallida. Aveva scritte e rami sul fianco e intorno a un seno, su cui Mace non poté fare a meno di tracciare i contorni.

Era stato lui, dopo tutto, a realizzarli: erano stati il progetto più difficile della sua vita, non solo perché era per la migliore amica, ma anche perché aveva avuto per tutto il tempo l'erezione meno professionale di sempre.

"Adoro questo tatuaggio."

Lei gli fece scivolare una mano lungo il fianco sotto la maglietta. "Il mio artista è fantastico."

Mace seguì il contorno del tatuaggio di Adrienne prima di prenderle il seno con una mano. "Già."

Lei rise e poi gemette quando le strinse il capezzolo. "Dovresti dire qualcosa su quanto sia stata fantastica la tela."

Lui si chinò e le leccò prima un capezzolo e poi l'altro. "Sai che amo la tua pelle." La baciò fra i seni e le si inginocchiò fra le gambe. "Il tuo sapore." La leccò ancora. "La sensazione di te." La accarezzò. "Il tuo calore." La morse.

Prima che potesse leccarla più in basso, però, lei lo spinse via e si alzò. "Per quanto io voglia *davvero* la tua bocca tra le gambe, devo togliermi uno sfizio."

Lui sollevò un sopracciglio, poi sorrise quando lei

si mise in ginocchio e gli tamburellò sul fianco. "Ah sì?"

"In piedi, Knight. Ho bisogno di quell'uccello in bocca. Adesso."

Adrienne si leccò le labbra e poi lo guardò. Mace dovette inspirare profondamente per non venirsi nei jeans. Non sapeva come lei riuscisse a fargli quell'effetto ogni volta che gli era vicino all'uccello, ma gli stava venendo un complesso.

Insieme, slacciarono i pantaloni di Mace con dita tremanti. Lui non aveva mai pensato di riuscire a gestire le risate quando aveva una donna tanto vicina all'uccello ma, evidentemente, Adrienne tirava fuori il meglio di lui. Si ritrovò presto con i pantaloni abbassati sui fianchi e un calore umido che gli circondava l'asta. Le passò una mano fra i capelli, con i testicoli contratti mentre lei lo succhiava.

"Santo cielo, Addi, la tua bocca."

Lei gli fece l'occhiolino e la aprì ancora di più, poi rilassò la lingua e ingoiò qualche altro centimetro. Lui le strinse di più i capelli e non poté fare a meno di far ondeggiare i fianchi. Adrienne rimase aperta per lui, mentre Mace accelerò il ritmo e le scopò con delicatezza la bocca in modo da non farle male, ma con abbastanza vigore da far finire la punta dell'uccello contro la gola di lei. Il fatto che lei glielo *lasciasse* fare e che gemesse gli rese ancora più difficile non venire subito. Ma non voleva venirle in bocca, non in quel momento. Doveva essere dentro di lei e assicurarsi che venisse anche Adrienne. Anche se non fu facile, uscì da lei, si chinò, la sollevò per le spalle e la baciò. Il sapore di quelle goccioline di liquido che gli erano cadute dalla punta sulla lingua di Adrienne lo fecero ringhiare, allora dondolò verso di lei, l'uccello umido le lasciava una scia sullo stomaco nudo.

"Non avevo finito," ansimò lei, che gli si aggrappò. Aveva il seno nudo premuto contro il petto di Mace, che voleva solo succhiarle i capezzoli fino a farli diventare rossi, lucidi e desiderosi di lui.

Si chinò e ne prese uno in bocca, lo succhiò e lo morse finché Adrienne non si agitò. Solo quando lei iniziò a tremargli fra le braccia, lui la lasciò andare e la leccò fino ad arrivare all'altro capezzolo e ripetere il processo.

"Mace... Ho bisogno... ho bisogno..."

Mace sollevò la testa, le prese le labbra e poi le ringhiò nell'orecchio, "So di cosa hai bisogno."

Prese velocemente il preservativo dalla tasca posteriore. Ce l'aveva messo perché sapeva che non sarebbe riuscito a starle lontano troppo a lungo, poi la fece voltare in modo che il seno di lei fosse contro il muro.

Mise rapidamente il profilattico e si abbassò i pantaloni fino alle ginocchia, per avere più libertà di movimento.

"Che stai facendo?" gli chiese lei, con voce strozzata. "Credevo volessi giocare con le tette."

Lui le spostò i capelli e le succhiò la bocca. "Hai i capezzoli già bagnati e rossi per come ho usato la bocca." La spinse più forte contro il muro e le fece scivolare l'altra mano lungo il corpo per slacciarle i jeans. "Come li senti, contro il muro freddo? Riesci a sentire ogni tuo centimetro, bagnato e dolorante?"

Adrienne gettò la testa all'indietro e lui le leccò il collo. "Sei diabolico. Ora prendi quell'uccello e mettimelo dentro."

Dopo che le abbassò pantaloni e mutandine sotto quel sedere sensuale, le fece scivolare l'uccello fra le natiche e spinse. "Un giorno, mi prenderò questo bel culo. È vergine? Perché lo spero proprio, tesoro. Voglio essere il primo dentro di te, il primo a prenderti in ogni modo possibile."

"Prendimi e basta." Si fermò. "Non il culo. Non... non ancora. Ma nella passera sì, muoviti."

Adrienne spostò la testa di lato per farsi baciare, poi lui si allontanò e la allargò da dietro, per poter sbattere contro quel calore umido in un'unica spinta. Lei gli si strinse intorno e si bloccarono entrambi, Mace cominciò a sudare solo per la sensazione e la tentazione del corpo di lei.

"Oh, cavolo," gemette lei, che gli poggiò la testa sulla spalla. "Avevo dimenticato quanto ce l'avessi grosso."

"Ti sto allargando?" ringhiò lui. "Ti sto allargando quella passera stretta? Domani dovrai stare attenta a come cammini, così nessuno saprà che hai lasciato entrare il mio uccello grosso in quella tua passerina." Spinse dentro e fuori, piccole carezze che gli spedivano calore lungo la spina dorsale e fino alle palle.

"Non sapevo che ti piacesse dire porcherie, Mace."

Lui la baciò di nuovo e aumentò la velocità, mentre la scopava contro il muro. "C'è molto da sapere su di me, Addi. Vuoi provarci?"

Lei batté le palpebre, con la guancia premuta contro il muro insieme al resto del corpo, mentre lui spingeva dentro di lei. "Io, ehm... sì? Sì, voglio provarci."

Mace deglutì rumorosamente, poi le affondò le dita nei fianchi e aumentò la velocità mentre lei sporgeva il sedere e gli andava incontro spinta dopo spinta, finché non chiamarono l'uno il nome dell'altra, tremanti mentre venivano. Adrienne si contrasse intorno a lui quasi dolorosamente, Mace sapeva che lei il giorno dopo sarebbe stata indolenzita per il modo in cui l'aveva presa. Anche se non avrebbe mai voluto farle del male, l'idea che sarebbe stata in qualche modo marchiata da quel tocco gli fece venire voglia di scoparla di nuovo. Era un cavernicolo fatto e finito, ma ricordò che anche lui aveva sulla schiena i segni di Adrienne, il che indicava che non era l'unico che volesse marcare il territorio.

Rimasero lì, Mace ancora dentro di lei, appoggiati al muro mentre cercavano di riprendere fiato.

"Abbiamo... abbiamo appena detto che ci avremmo provato?" sussurrò Adrienne. "O l'ho detto solo io?"

Mace uscì lentamente da lei per farla voltare. Era una conversazione per la quale dovevano guardarsi in faccia. "Non l'hai detto solo tu, ma..." Deglutì rumorosamente. "Te l'ho detto, non possiamo rovinare quello che abbiamo."

Lei gli mise una mano sulla mascella. Erano entrambi mezzi nudi, anche se lui aveva ancora addosso la maglietta e il preservativo usato. Non potevano essere più scomodi, ma a lui non importava, non quando quello che stavano dicendo significava più della posizione in cui si trovavano.

"E allora non roviniamolo. Continuiamo in questo modo."

"Intendi come degli amici che fanno del sesso

fantastico?" le chiese cauto. "Perché non possiamo dire che non ci sono dei sentimenti. Ci saranno sempre, quando si tratta di noi."

"Sentimenti, sì. Ma possiamo assicurarci di non farci più promesse di quelle che vogliamo mantenere."

Mace abbassò la testa e la baciò. "Solo io e te, allora. In qualunque modo vogliamo definirla e per quanto a lungo ci siamo dentro, siamo solo io e te." L'idea che lei fosse stata con un altro uomo gli fece venire voglia di urlare, avrebbe dovuto pensarci su quando fosse stato solo. Non esisteva il sesso occasionale tra loro due.

"Siamo d'accordo." Adrienne abbassò lo sguardo e rise. "Credo che dovremmo darci una ripulita, perché non abbiamo l'aria di due che fanno l'inventario."

"Potrei fare una battuta sul fatto che io stia facendo il tuo, di inventario, ma mi sembra un po' volgare, persino per me."

Adrienne alzò gli occhi al cielo e lo spinse via con un colpo al petto. Mace si allontanò facendo attenzione a non inciampare nei pantaloni, dato che erano ancora all'altezza delle caviglie.

"Non buttare il preservativo nel secchio qui. Sarebbe un po' difficile tenere la faccenda fra noi, se lasciamo sperma ovunque."

Mace scosse la testa e si occupò del preservativo mentre si rivestiva, senza toglierle gli occhi di dosso mentre lei si ricomponeva. Ancora una volta, stavano commettendo un errore, ma lui non disse nulla. Il desiderio nei confronti di Adrienne stava diventando un'ossessione e avrebbe dovuto lavorarci, errore o no.

Il mattino seguente avrebbe dovuto vederli più imbarazzati ma, per un motivo o per un altro, si comportavano come se non fosse successo nulla. Mace, però, *sapeva* che qualcosa era diverso: se prima non era confuso, in quel momento lo era di certo.

Shep stava già lavorando a un tatuaggio che probabilmente lo avrebbe impegnato per tutta la giornata ed era concentrato. Aveva musica in un orecchio mentre il cliente dormiva, dato che era un tatuaggio sulla schiena e, evidentemente, alcune persone riuscivano a dormire appena arrivava la scarica di endorfine.

Ryan sarebbe arrivato più tardi per il turno di chiusura e lavorava bene come parte del gruppo. Non funzionava sempre così. Al vecchio negozio non avevano avuto la stessa unità coesa, Ryan non solo aveva talento, stava diventando rapidamente un amico.

Adrienne lavorava a un cliente senza prenotazione che aveva chiesto un tatuaggio sulla spalla, le avrebbe portato via al massimo un'ora. Era china sulla panca, concentrata sul lavoro, si mordeva il labbro. Mace fece del proprio meglio per non dare l'idea di essere pronto a farla chinare ancora un po' e prenderla da dietro appena la vide mordersi la carne delicata.

Mentre gli altri lavoravano, Mace aspettava che arrivasse il cliente. Aveva già venti minuti di ritardo, ma Mace non era sorpreso. Era uno dei clienti regolari dal vecchio negozio e non era mai puntuale. Per questo Mace gonfiava l'orario in cui gli dava l'appuntamento. George, il cliente, rimediava con i pagamenti, per cui a Mace non dispiaceva poi tanto, ma finiva con l'andare avanti e indietro perché non sapeva quando si sarebbe presentato. Ad Adrienne dava molto fastidio, ma Mace non ci badava. Non poteva controllare il comportamento di George e, onestamente, non voleva un altro artista.

"George è di nuovo in ritardo?" gli chiese Adrienne, mentre si alzava e puliva il tatuaggio appena finito.

Mace annuì e poi andò alla postazione di Adrienne per vedere il prodotto finito. "Cavolo. È fantastico."

Lei alzò una mano e scosse la testa. "Non dire altro finché Tracy non lo ha visto." Sorrise e Mace alzò gli occhi al cielo. Adrienne aveva la tendenza a non dire niente finché il cliente non avesse visto il tatuaggio e, per quanto Mace fosse d'accordo, voleva che il mondo sapesse quanto fosse talentuosa la sua do... migliore amica.

Diamine, l'aveva quasi chiamata la *sua donna*.

Non era sua, non in quel modo. Dato che avevano stabilito dei confini sottili, non lo sarebbe mai stata. Erano amici che facevano sesso, anche se solo tra loro. A quanto pareva, doveva essere un segreto, e lui era d'accordo perché non voleva avere a che fare con gli sguardi d'intesa e le domande infinite che sarebbero venuti fuori quando si trattava di loro due. Tutti si erano sempre chiesti se fossero andati a letto insieme e, dato che era successo, Mace aveva la sensazione che tutti lo avessero capito.

Era tornato alle superiori. Doveva smetterla.

Tracy, una donna di mezza età dagli occhi luminosi e lunghi capelli ramati, saltò giù dalla panca e quasi corse allo specchio alla fine del corridoio tra le postazioni. Mace incrociò lo sguardo di Adrienne e trattenne un sorriso. Tracy era fin troppo energica per aver avuto un ago che la pugnalava il braccio in continuazione... ma a ognuno il suo.

Adrienne porse uno specchio a Tracy in modo che potesse guardare il tatuaggio: la donna gridò come una quindicenne e non come una donna di quarant'anni. Il tatuaggio sulla spalla era bellissimo. Addi aveva aggiunto ombre e profondità al blu e al viola e sembrava che la fata stesse volando via dalla spalla di Tracy e sussurrasse una battuta a chiunque passasse. Per essere un cliente senza prenotazione e senza indicazioni, Addi aveva fatto un capolavoro. Ogni tatuatore aveva una specialità e lei stava di certo arrivando alla sua.

"Lo adoro. È la fata perfetta. È una fata buona? Una cattiva? Dipende dalla giornata. Mio marito finirà per svenire quando la vedrà. Non vedo l'ora di sorprenderlo." Agitò i fianchi e fece un balletto, Mace non poté fare a meno di ridere insieme a lei. L'entusiasmo di quella donna era contagioso.

Quando Tracy se ne andò, la sua risata echeggiava ancora tra le pareti. Shep era ancora concentrato sulla schiena del cliente ed era appena tornato da una pausa per bere, Adrienne ripuliva la postazione e Mace finalmente si era messo a lavorare su George. Avevano deciso di realizzare un tatuaggio a colori sulla coscia e Mace voleva cominciare per potersi concentrare.

George era pronto sulla sedia e Mace ruotò le spalle, pronto per il mal di schiena che gli sarebbe venuto. Quel giorno si sarebbe occupato del contorno e avrebbe lavorato sui colori e le sfumature all'appuntamento successivo. Completare tutto in un'unica sessione sarebbe stato troppo per entrambi. La pelle di

George tendeva a gonfiarsi e Mace non voleva rovinare tutto per la fretta.

Adrienne gli si avvicinò dopo circa mezz'ora di lavoro e si sedette sull'altro sgabello. Per quanto il calore di lei gli facesse quasi venire un'erezione, Mace era abbastanza professionale da mantenere occhi e attenzione sul lavoro e non sulla donna che aveva accanto.

"Non male, George."

L'altro le fece l'occhiolino dalla sedia. "Lo sai. Voglio solo il meglio."

Adrienne sollevò un sopracciglio e Mace fece del proprio meglio per non sorridere. George era un brav'uomo ma, certe volte, non pensava prima di parlare. Tra quello e l'incapacità ad arrivare in orario, Mace spesso si chiedeva perché gli piacesse tanto lavorare su di lui.

George sembrò capire di esserci cascato e fece subito marcia indietro. Mace dovette raddrizzarsi e sollevare l'ago, dato che George aveva irrigidito la coscia per alzare le mani in segno di resa.

"Volevo dire... merda. Non volevo dire che tu non fossi la migliore, solo che Mace è uno dei migliori: tu sei l'altra."

Shep si schiarì la gola alle loro spalle e Mace non poté fare a meno di unirsi alle risate di Adrienne. "Ci sono anch'io, eh," disse il capo e amico con finto rigore. "Cioè, dai."

"Va tutto bene, George." Adrienne gli diede una pacca sul braccio con un gran sorriso. "Sappi solo che, se Mace è il migliore, io sono la migliore dei migliori."

Mace le diede un calcio al piede. "Come dici tu, tesoro. La risposta è nel tatuaggio."

Lei rise dal naso e si appoggiò alla spalla di Mace, che ingoiò rumorosamente e fece del proprio meglio per arrestrare lentamente e non mostrare a Shep la vera reazione che stava avendo. Mace e Adrienne si erano sempre toccati e appoggiati l'uno all'altra, ma la situazione tra loro era cambiata. Lui sapeva che sarebbe successo, una volta che fossero andati a letto insieme; anche se avevano detto che non sarebbe successo nulla fuori dalla camera da letto, era una bugia. Una bugia necessaria, ma nondimeno una bugia. Con Shep così vicino a loro e tanto attento, stavano attraversando un confine pericoloso e Mace non era sicuro che sapessero come evitare le conseguenze.

Prima che lui potesse perdersi nei pensieri, la porta si aprì di nuovo e tutti guardarono verso la parte anteriore del negozio, mentre entrava un uomo con un completo e una cartellina che si guardava intorno accigliato.

"Ci sono..." guardò la cartellina spessa che aveva in

mano, "una certa Adrienne o un certo Shephard Montgomery?"

Mace si raddrizzò e Adrienne si alzò, asciugandosi le mani guantate sui pantaloni. "Sono io," disse lei, con la voce amichevole ma ferma.

"E io," disse Shep, con la voce un po' più profonda del solito.

Da quando lo sconosciuto era entrato alla MIT con delle minacce e dopo l'episodio dei graffiti, erano stati tutti sulle spine. Chiunque fosse quel tizio, Mace non aveva una bella sensazione. Dal modo in cui Adrienne e Shep si erano irrigiditi pur restando professionali, non era l'unico a sentirsi così. Persino George e il cliente di Shep sembravano tesi, dato che erano entrambi clienti regolari e amici della squadra.

"Sono Andrew Berry," disse l'uomo e poi prese il portafogli. "Dipartimento di Igiene. Abbiamo ricevuto un paio di telefonate e lamentele. Devo fare un'ispezione, secondo il nostro codice..."

L'uomo parlò di numeri di codice e di una procedura da attuare, Mace trattenne un'imprecazione. I tre episodi non sembravano collegati, dato che apparivano come coincidenze improvvise e diverse, ma Mace non si fidava. La MIT non era aperta da molto e già dovevano avere a che fare con stronzate del genere?

Ripulì in fretta George, non sarebbero riusciti a

finire per quel giorno. Sia lui che il cliente di Shep erano comprensivi, ma Mace sapeva che, se non ci fossero stati cambiamenti, il negozio avrebbe presto avuto altri problemi. Se si fosse sparsa la voce che avevano problemi di pulizia in un negozio di tatuaggi, sarebbe stata la fine.

"Vai a casa," disse Adrienne un'ora più tardi, dopo che il signor Berry finì. "È inutile che resti qui in una serata tranquilla. Ryan sta arrivando e resteremo aperti, così anche lui riuscirà a finire il suo appuntamento." Aveva un tono talmente abbattuto che Mace si rese conto che forse le serviva del tempo per sé, in modo da superare quello a cui pensava prima di riflettere sul passo successivo, qualunque esso fosse.

"Posso restare. C'è molto da sbrigare, anche se per fortuna la lista che ti ha dato quello stronzo non è molto lunga." Non aveva niente in programma al negozio, dato che avrebbe dovuto lavorare su George. Tolto quello, grazie alla visita non programmata e inutile, avrebbe lavorato solo sui clienti senza prenotazione con Ryan e Adrienne.

Lei guardò il foglio che aveva in mano e si accigliò. "Ci sono due note qui e non sono nemmeno dei punti, solo suggerimenti. Quel tizio sembrava infastidito perché era stato mandato qui: ha detto che avrebbe controllato chi avrebbe potuto sprecare il suo tempo, ma la situazione mi fa incazzare lo stesso."

Shep si appoggiò al muro accanto a loro e aggrottò la fronte. "Qualcuno ce l'ha con noi, ho questa sensazione. Sì, sembra che stia parlando della mafia o di stronzate del genere, ma ci abbiamo messo quattro mesi in più per far costruire questo posto e, adesso che siamo qui, abbiamo un problema dopo l'altro, il che potrebbe tenere lontani i clienti. Non mi piace nemmeno un po'."

Non piaceva nemmeno a Mace, che era sempre più riluttante ad andare via. Ma siccome Adrienne era tanto chiusa e l'unico modo che lui conosceva per farla sentire meglio era cancellarle le rughe sulla fronte con un bacio, pensò che sarebbe stato meglio lasciarla con il fratello e Ryan, in modo che potesse pensare nonostante la rabbia.

"Lo scopriremo," disse Adrienne, ancora accigliata. "Siamo Montgomery. Non ci facciamo schiacciare da nessuno."

"Esatto," disse Shep prima di stringerle la spalla e andare sul davanti del negozio, da dove arrivò il cliente successivo. Per fortuna non avevano dovuto cancellare tutto.

"Andrò a casa da Daisy," disse Mace. "Vado a prenderla a casa dei miei un po' prima." Diede un colpetto ad Adrienne con la spalla. "Ho fatto lo stufato prima di andarmene: vieni a casa quando hai finito, dato che non chiudi tu. Ti lascio persino le estremità della baguette che ho comprato."

Adrienne rise e lui si rilassò. Se riusciva a ridere, anche solo un po', allora sarebbe stata bene. Mace sperò solo che potessero capire che cosa stesse succedendo, sia al negozio che fra loro.

"Lo stufato mi sembra una buona idea," disse lei.

Mace aveva sempre saputo che la situazione si sarebbe complicata appena avrebbero cominciato quel nuovo sentiero nelle loro vite ma, dato che sembrava che arrivassero sempre novità, lui aveva la sensazione che avessero appena iniziato a vedere come sarebbe cambiata la faccenda.

Annuì e poi li salutò, prima di andare a casa dei genitori a prendere Daisy. Temeva che non sarebbe mai riuscito a capire completamente o apprezzare quanto fosse cambiata la sua vita: aveva sempre la bambina con sé, invece di doverle telefonare quando voleva parlarle.

"Mi piace lo stufato," disse Daisy, che sbirciò sul piano della cucina sul piccolo sgabello pieghevole che lui aveva comprato dal ferramenta. "È caldo e buono nel pancino."

Mace non poté trattenersi dal ridere e scosse la

testa. "Davvero? A me piacciono molto le patate. E a te?"

Daisy si tamburellò sulle labbra con il ditino mentre pensava alla risposta. Mace adorava il fatto che lei si assicurasse che ogni risposta che gli dava fosse quella giusta, o almeno che usasse le parole giuste per la risposta.

"Mi piacciono le cose piccanti che non sono piccanti." Inclinò la testa e studiò la pentola. "Che cos'è?"

"È aglio. Piace anche a me." Trattenne una risata alla risposta perché era davvero inaspettata, ma proprio da Daisy. "Forse la prossima volta faccio una salsa con la barbaforte da metterci sopra."

Daisy storse il nasino. "Una barba forte? Perché fai una salsa con la barba? Non la voglio una salsa barbuta."

Mace le spiegò esattamente cosa fosse la barbaforte prima di prendere la figlia in braccio e gettarsela sopra la spalla, quelle risate lo calmarono dopo la giornata stranamente lunga. Adrienne sarebbe arrivata presto e avrebbero cenato e cercato di godersi il resto della serata senza preoccuparsi di tutto lo schifo della vita, o almeno ci avrebbero provato. Da quando Jeaniene era partita, Mace l'aveva sentita tutti i giorni e ne era rimasto sorpreso, anche se non avrebbe dovuto. Lei voleva essere parte della vita di Daisy, ma non quella che avevano pianificato. Lui non era sicuro che sarebbe mai riuscito a perdonare la ex per quello, né che l'avrebbe perdonata perché gli aveva portato via Daisy dal principio.

Mentre la figlia saltellava in giro per la stanza e canticchiava una canzoncina che si era inventata il giorno prima, Mace fece del proprio meglio per non preoccuparsi, come aveva deciso. Ma, appena suonò il campanello e Adrienne entrò dalla porta, sapeva di aver mentito a se stesso.

Si sarebbe preoccupato di tutto quello che stava sbagliando ma, in quel momento, avrebbe cenato con le sue ragazze e non avrebbe pensato a niente.

Per quanto poteva.

CAPITOLO SETTE

Con la settimana che aveva avuto, se non fosse stato per gli orgasmi avuti grazie a Mace e la serata Pennelli&Bicchieri in arrivo, Adrienne era sicura che avrebbe urlato nel cuscino.

Sì, aveva messo il sesso con il migliore amico in cima alla lista.

Era una Montgomery con una debolezza: Mace Knight e il suo uccello enorme in tutta la sua gloria.

Adrienne poggiò la testa sul volante ed emise un grido silenzioso. Non aveva idea di cosa le stesse accadendo: riusciva solo a inventarsi battute immature sulle dimensioni dell'uccello di Mace, mentre contava le ore che la separavano dall'averlo di nuovo in bocca o dal cavalcarlo finché non fossero stati esausti.

Non sarebbe dovuto succedere, non avrebbe

dovuto desiderarlo in quel modo. Doveva essere solo per una notte o mai più. Ogni volta che gli era vicina, doveva fare del proprio meglio per non toccarlo, o peggio, doveva trattenersi dallo stargli lontana. Se avesse esagerato con una delle due possibilità, sarebbe scoppiata o gli altri si sarebbero accorti che c'era qualcosa di diverso tra loro.

"Non ho idea di cosa sto facendo," si disse, la voce stranamente alta nell'auto silenziosa. "Nessuna idea." Se fosse restata seduta lì nel parcheggio a parlare da sola ancora a lungo, avrebbe dovuto aggiungere la pazzia alla lista già lunga delle questioni poco chiare dell'ultimo mese.

Avrebbe avuto molto su cui piangersi addosso: chi volesse farle chiudere il negozio; lo schizzo per il sopravvissuto al cancro, che voleva commemorare l'occasione con un tatuaggio delicato ma aggressivo ma che a lei non riusciva; la faccenda con Mace… Ciononostante, pianificò di godersi la serata con le sorelle e le amiche.

Dopo tutto, quella era una serata fra ragazze, stavano per far partire la seconda riunione Pennelli&Bicchieri. Era una serata che consisteva nel dipingere e bere vino, mentre ci si divertiva con le amiche e si veniva controllate e guidate dall'occhio attento e di solito paziente dell'istruttrice, Kaylee.

Adrienne aveva un occhio decente quando si trattava di dipingere, dopo tutto era un'artista. Anche se usava l'inchiostro e la sua tela era la pelle, alla fine disegnava e giocava con dei bei colori, mentre passava del tempo con le donne della sua vita: ne valeva davvero la pena.

La sorella Roxie arrivò mentre Adrienne usciva dall'auto, perciò aspettò che l'altra parcheggiasse e la raggiungesse.

"Ehilà. Siamo in ritardo?" le chiese la sorella, che la abbracciò. "Odio essere in ritardo."

Adrienne guardò l'orologio e scosse la testa. "No, giusto in tempo, ma scommetto che Thea, Abby e Shea sono già lì, dato che di solito arrivano sempre in anticipo come te." Guardò i capelli scompigliati di Roxie e la camicia abbottonata male sotto il giubbotto aperto. "Perché *tu* non sei in anticipo?"

Roxie aveva le guance in fiamme e le rivolse un sorriso timido. "Ehm, Carter è uscito prima dal lavoro e beh..."

Adrienne rise, mise un braccio intorno alle spalle della sorella e si avviò verso il deposito ristrutturato dove Kaylee aveva creato lo studio. "Mi fa piacere sapere che siete ancora nella fase degli sposini novelli e non riuscite a togliervi le mani di dosso." Roxie e il marito non potevano essere più diversi, a quanto aveva visto Adrienne, ma lei era certa che erano innamorati, anche se era sembrato un matrimonio affrettato. Adrienne però non sapeva cosa succedesse in quella relazione e si portava a letto di nascosto il migliore amico, quindi non poteva permettersi di parlare.

"È il mio Carter." Roxie emise un sospiro sognante che era molto diverso da quello infastidito dell'ultima volta in cui aveva parlato del marito. "Che posso dire?"

"Sei felice, quindi io sono felice. In più è un meccanico sexy, quindi..."

Roxie rise. "Ed è il *mio* meccanico sexy. Sono contenta che ti abbia sistemato l'auto."

Adrienne mugulò quando aprì la porta del deposito. "Per ora. Dovrò ingoiare il rospo e comprarne una nuova presto. Beh, forse non nuova, ma una *più* nuova di quella che ho adesso."

"Quella ce l'hai da quasi dieci anni. Sono sorpresa che continui a funzionare." Misero le giacche sull'appendiabiti accanto alla porta e andarono sul retro dove si teneva quella sera il Pennelli&Bicchieri.

"Senza Carter, sarebbe finita allo sfasciacarrozze dei cieli l'anno scorso. Dagli un bacio da parte mia." Le fece l'occhiolino. "Stavo per dire 'fagli una sega', ma poi mi sono resa conto che è mio cognato e non mi conosce abbastanza per questo."

Roxie rise e le diede un colpo con il fianco. "Non

credo che a Carter serva aiuto con quelle. In effetti, credo che mi servirà un tutore per il polso, prima o poi, se non sto attenta."

Per quel motivo ridevano fino alle lacrime quando entrarono nella zona in cui si dipingeva e si sedettero accanto ad Abby, Thea e Shea. La madre era andata con loro la prima volta, ma quella settimana si era tirata indietro perché sarebbe uscita con il marito. Il fatto che i genitori uscissero ancora insieme faceva palpitare il cuore romantico di Adrienne. Poteva anche aver messo la carriera e l'arte davanti alla vita sentimentale, ma credeva nell'amore e in tutto il calore e le bollicine che lo circondavano.

"Che mi sono persa?" chiese Thea, la voce le assunse quel tono materno che non prendeva in giro nessuno. Era una sporcacciona tanto quanto loro, anche se le piaceva dare ordini con affetto.

"Sapessi," disse Adrienne, che le fece l'occhiolino mentre srotolava la sciarpa. Faceva più freddo ogni sera e sapeva che presto avrebbe dovuto cambiare il cappotto autunnale con quello invernale. Odiava il fatto che, in quel periodo, non potesse indossare più a lungo la giacca di pelle, perché l'inverno tendeva ad arrivare più in fretta ogni anno.

"Chiunque abbia avuto questa idea è un genio," disse Shea mentre sorseggiava il vino rosso. Di solito, ognuna di loro beveva solo un bicchiere, dato che avrebbero dovuto guidare, ma godersi il tempo insieme era comunque divertente.

"Lo so," concordò Abby. Era la proprietaria del negozio di tè, Teas'd, accanto alla MIT, ed era amica di Thea da quando si era trasferita nell'edificio qualche mese prima di Adrienne. "Però ho sentito che adesso ce ne sono in tutto il paese e dato che ho finalmente sentito parlare di loro non saranno popolari per molto. Sono sempre l'ultima a scoprire le novità."

Adrienne rise dal naso. "Non sei sola. Non so mai cos'è di moda, ma per il vino e la pittura ci sto."

"Meglio di come lavori a maglia?" chiese Thea, con gli occhi che le brillavano.

Adrienne fece del proprio meglio per mostrare il dito medio alla sorella senza che la vedessero tutti, ma la donna anziana dietro di loro arricciò il naso. Al diavolo. Lei e le sorelle erano quelle tatuate e con i piercing, anche se due di loro erano ragioniere e nascondevano i tatuaggi per lavoro, perciò erano abituate alle occhiatacce. Erano Montgomery, dopo tutto: risaltavano nella folla.

"Lavori a maglia?" chiese Abby. "Davvero?"

Adrienne fece una smorfia. "Ci ho provato. Mia cugina, Meghan, ha cercato di insegnare a me e alla mia altra cugina acquisita, Jillian. Jillian è stata un po' più brava ma io ho finto per la maggior parte del tempo."

Abby aggrottò la fronte e inclinò la testa mentre le studiava.

"Che c'è?" chiese Roxy.

"Parli di Meghan e Jillian Montgomery? Sposate rispettivamente con Luc e Wes?"

Adrienne si raddrizzò sullo sgabello. "Sì, Meghan e Wes sono nostri cugini."

"Ne abbiamo tipo una quarantina," aggiunse Roxie.

"Come li conosci?" chiese Shea.

Negli occhi dell'altra si disegnò un'espressione triste, ma la allontanò. "Oh, conosco Murphy Gallagher, il fratello è sposato con Maya, vostra cugina."

"Il mondo è piccolo," disse Roxie mentre le altre cominciavano a parlare dei Montgomery, dei consorti e dei figli. Adrienne non riusciva mai a restare al passo e, onestamente, pensava a quello che aveva detto Abby e non a quello di cui parlavano le altre.

Aveva sentito parlare di Abby non solo perché era parte della comunità in cui si era trasferita. Ma Adrienne non pensava che lei volesse raccontare la sua storia ad altri, almeno non subito, perciò se la teneva per sé. Ma ad Adrienne si stringeva il cuore per l'altra, anche se cercava di mantenere un'espressione dolce in modo che Abby non capisse che lei già conosceva alcuni degli orrori che aveva affrontato. Anzi, forse Adrienne non ne sapeva quasi nulla.

Kaylee entrò in quel momento nello studio e riportò Adrienne alla realtà: la serata finalmente poté cominciare. Adrienne adorava Kaylee. La donna era più grande di lei di qualche anno, eppure aveva l'aria di chi le aveva passate tutte almeno due volte e ne era uscita più forte. In più, era un'artista fantastica con un talento enorme, al punto che, se qualcuno non si fosse reso conto che era importante aiutare gli altri a godersi l'arte, ci si sarebbe chiesti perché Kaylee sprecasse tempo con serate del genere.

"Benvenuti," iniziò Kaylee con un sorriso. "Vedo che la parte della serata relativa ai bicchieri è già cominciata." Fece l'occhiolino e tutti alzarono i bicchieri decorati. Ogni calice aveva una citazione dipinta a mano, oltre a delle decorazioni carine sullo stelo. Adrienne immaginò che Kaylee avesse passato un divertente fine settimana a dipingere, o che i bicchieri venissero da un altro evento in cui erano stati lasciati dai partecipanti perché qualcun altro potesse goderseli. Conoscendo l'artista, entrambe le possibilità erano plausibili. "Ora cominciamo la parte con i pennelli."

Tolse il foulard di pizzo dal dipinto sul cavalletto accanto a lei: mentre gli altri sobbalzavano, ridevano o ridacchiavano, Adrienne socchiuse gli occhi per studiarlo. Quella era la parte che preferiva, voleva assicurarsi che la sua arte fosse la migliore possibile. Anche se non era una competizione e nessuno avrebbe confrontato i propri risultati con quelli degli altri se non per scherzo, Adrienne era comunque un'artista e non voleva fare disastri. Non si trattava di dipingere seguendo dei numeretti e c'era sempre la possibilità di essere originali, ma Adrienne voleva restare il più vicina possibile al modello: la teneva in allenamento.

Il paesaggio al chiaro di luna che aveva davanti era semplice e bellissimo. C'erano degli alberi scuri in primo piano, per cui sarebbe stato divertente giocare con i bianchi, i viola e i blu che si sovrapponevano. Era *molto* meglio del tentativo fallito di lavorare a maglia. Meghan e Jillian dovevano aver pensato che Adrienne avesse capito come funzionasse, ma si era allenata per ore senza progressi e non sarebbe mai riuscita ad avviare correttamente il lavoro. Dipingere era totalmente nelle sue corde e anche molto più divertente quando era con amici e parenti.

Quando tutti cominciarono, Shea ed Abby chinarono la testa vicine, a ridere per una battuta in fondo alla fila, mentre Adrienne sedeva tra una Thea molto determinata e Roxie. Roxie aveva la lingua fra i denti mentre cercava disperatamente di realizzare le forme giuste:

Adrienne sapeva che la sorella minore era infastidita dal fatto di essere l'unica tra i quattro fratelli ad avere problemi con il disegno e la pittura. Adrienne e Shep, ovviamente, erano tatuatori, ma Thea era una pasticcera che sapeva decorare torte e biscotti come nessun altro. Ognuno di loro aveva dei punti di forza, ma Adrienne sapeva che Roxie odiava non avere gli stessi dei fratelli.

"Perché è così dura?" mormorò Roxie, pugnalando la tela.

"Lo dicono tutte," dissero contemporaneamente Thea e Adrienne prima di scoppiare a ridere.

Roxie cercò di trattenersi, ma poi si unì a loro. "Che donne mature," disse, ridendo dal naso prima di mettere giù il pennello per bere un altro sorso di vino. "La prossima volta possiamo fare una serata quiz? Vincerei tutto."

"In quel caso, saremmo costrette a invitare Shep," intervenne Adrienne. "Già è tanto che ci lascia questa serata."

"Vero," disse Shea dall'estremità opposta della fila. "Non solo gli piace il vino, ma anche dipingere. Non è dietro di noi a mettere il broncio solo perché abbiamo vietato agli uomini di partecipare alla nostra serata fra ragazze."

Adrienne non poté trattenersi dal sorridere. Dopo

dieci anni che il fratello viveva dall'altra parte del paese (ok, New Orleans non era *tanto* lontana dal Colorado, ma di certo lo sembrava), le piaceva conoscere lo Shep adulto e tutte le sue idiosincrasie.

"Lo batterei comunque," disse Roxie e alzò il mento, anche se aveva gli occhi che le brillavano per il divertimento. "Devo batterlo in *qualcosa*."

Adrienne le diede una pacca sulla spalla. "Non fai schifo, sai." Indicò il dipinto della sorella. "Vuoi solo che sia tutto perfetto, ma qualcosa del genere non deve essere sempre impeccabile."

Roxie le fece una linguaccia, prima di bere un altro sorso di vino e mettere giù il bicchiere. "Lo dice anche Carter, ma certe volte è come se nessuno di voi mi capisse." Alzò gli occhi al cielo e la rese una battuta, ma Adrienne non poté fare a meno di chiedersi se ci fosse dell'altro, non solo su se stessa.

Adrienne si voltò per incrociare lo sguardo di Thea, ma nessuna delle due disse niente in risposta all'affermazione di Roxie. Quello che succedeva tra la sorella e Carter non erano affari loro, per il momento. Certo, per quel che ne sapeva Adrienne, non succedeva nulla e lei stava solo leggendo troppo nelle parole di Roxie. Dopo tutto, Carter era sempre molto affettuoso quando era insieme al resto della famiglia, tanto che quella sera Roxie era arrivata tutta piacevolmente scompigliata.

Adrienne bevve un sorso di vino: stava girando in tondo riguardo al matrimonio della sorella, perché era più facile che chiedersi cosa diamine stesse combinando lei con la propria relazione.

Dipinsero ancora un po' mentre parlavano di argomenti senza importanza, finché Shea non chiese a Thea come stava Molly, la migliore amica.

Thea mise giù il pennello e aggrottò la fronte. "Non lo so. Non mi parla di Dimitri o come si sente riguardo al divorzio. Si comporta come se non ci fosse niente che non va e come se fosse solo una nuova fase della sua vita."

Adrienne fece una smorfia. "Non mi suona bene."

"Vero?" Thea ingoiò l'ultimo sorso di vino, prima di poggiare il bicchiere sulla panca coperta di tessuto con più forza del necessario. Per fortuna, non si ruppe. "Si fa gli affari suoi e vedo che Dimitri soffre davvero, ma non posso parlare con lui o schierarmi dalla sua parte, perché..."

"...perché lei è la tua migliore amica e questo significa che sei automaticamente dalla parte di lei." Adrienne aveva finito il vino, era già al secondo bicchiere d'acqua perché le piaceva idratarsi, quindi bevve per un attimo prima di sospirare. "Mi dispiace che tu ci sia finita in mezzo."

Quello era un altro motivo per cui stava lontana dalle relazioni. Era tutto troppo complicato. Ogni donna nubile a quel tavolo aveva un bel po' di bagaglio e di storia quando si trattava di amore e uomini; tuttavia, in un modo o nell'altro, Shea e forse Roxie ne erano uscite. Thea era costantemente single proprio come Adrienne; per quanto riguardava Abby, beh, non era una storia che poteva raccontare lei.

"Non sto nel mezzo, davvero," disse Thea e guardò tristemente il dipinto. "Non posso. Anche Dimitri era mio amico e adesso... beh, adesso non può esserlo, non allo stesso modo, e fa schifo." Sospirò poi tornò a dipingere e chiuse l'argomento. Ad Adrienne andava bene così. Non era sicura di sapere cosa dire per migliorare la situazione, dopo tutto.

Di proposito decise di non parlare di Mace e sapeva di essere una codarda. Il fatto non era che non avesse idea di cosa volesse o *potesse* dire, se qualcuno avesse sollevato la questione. Le sorelle vedevano fin troppo, anzi, Adrienne aveva la sensazione che Shea e Abby avessero lo stesso superpotere quando si trattava di andare a caccia di informazioni. Avevano attraversato tutti i livelli di conoscenza e sapeva che avrebbero usato quell'esperienza per capirla. O forse Adrienne era troppo cauta e nervosa riguardo a quello che avrebbero potuto dire una volta che lei avesse nominato Mace. Dopo tutto, era il migliore amico e poteva parlare di lui, soprattutto dato che lavoravano insieme. Non doveva dire per forza che andavano a letto insieme.

Spesso.

E non solo a letto.

Le si contrassero i muscoli al pensiero e imprecò contro la baldracca dentro di sé. Lui lo era quanto lei, dato che la faceva venire costantemente, ma Adrienne non ci avrebbe pensato... indipendentemente da quanto avrebbe voluto.

"Allora, sorellona," cominciò Thea, con la voce troppo disinvolta. "Sembri troppo rilassata in questi giorni per essere una che ha appena aperto un negozio. Lui chi è?"

"Sì, sembri troppo lubrificata," si inserì Roxie con un sorrisetto sul viso.

"Ovviamente, fai tu la battuta da meccanico," rispose secca Adrienne. Non poteva mentire alle sorelle, non troppo bene, così disse una verità parziale, l'unica parte che poteva. "E beh... *sto* andando a letto con uno, ma non lo conoscete. Non è importante. Sto solo alleviando la tensione."

Le altre non fecero domande, ma ne avevano troppe negli occhi per i suoi gusti. Shea la guardò e

Adrienne si irrigidì. Appena finì di parlare, si rese conto che era stato un errore fin troppo doloroso, ma non sapeva come fare ad assicurare alle altre che non fosse una relazione seria. Se Mace lo avesse scoperto…

Smise di pensarci e tornò a dipingere. Le altre la imitarono e sperò che nessuno si accorgesse che le tremava la mano.

"A LLORA, COME VA IL NEGOZIO?" CHIESE SHEA mentre andavano alle auto. "So che Shep si stressa a pensare a chi vorrebbe danneggiare la MIT, ma *tu* come pensi stia andando?"

Adrienne si strinse la sciarpa intorno al collo e si appoggiò all'auto di Shea. Le altre erano già andate via e le avevano lasciate a parlare in privato. Non era sicura che fosse stata loro intenzione, ma le stava bene.

"A livello finanziario, va benissimo e lo sai. Ogni giorno abbiamo nuovi clienti e abbiamo già una lista d'attesa per i lavori più impegnativi. Ma riguardo a chi vuole farci chiudere, oltre all'uomo misterioso del primo giorno, non ho idea. Non importa a chi andiamo a chiedere, nessuno sa chi può essere stato. Mi sembra strano. Lo sembra a tutti."

Shea annuì. "Lo so. Non sono di qui, quindi non idea di chi possa avere legami in zona e possa volervi far chiudere. Spero solo che siate tutti al sicuro, sai? Non voglio che qualcuno si faccia male."

Adrienne strinse il braccio di Shea. "Stiamo tutti attenti, al punto che i ragazzi fanno i cavernicoli e non lasciano che *nessuno* vada da solo fino alla macchina la sera, persino Thea e Abby, se ci riescono."

"Il fatto che tu e Mace andiate a letto insieme aiuta. Può tenerti d'occhio più spesso."

"Beh, sì, ma non credo che abbia niente a che fare con questo." Adrienne chiuse la bocca di scatto, il viso le diventò bollente mentre Shea sembrava il gatto che aveva mangiato tutta la panna.

L'altra saltellò da un piede all'altro e la indicò. "Lo *sapevo*. Lo sapevo!" Si mise a ballare e ad agitare i fianchi, Adrienne sentì il sangue defluirle dal viso.

"Come... mi hai ingannata!" Ringhiò verso l'altra, ma Shea continuò con quella danza folle.

"Sì, è vero, e ne sono fiera. Sto imparando a essere una Montgomery giorno per giorno." Smise di ballare, per fortuna, e prese Adrienne per le braccia. "Primo, sono felice per voi. Secondo, stavo tirando a indovinare, perché mi avete dato questa sensazione. Terzo, Shep non ne ha idea. Quarto, non glielo dirò perché c'è un codice. Comunque, cederei se me lo chiedesse direttamente per qualche ragione ignota: dovrei dirglielo perché non mento a mio marito."

Adrienne emise un sospiro tremante. "Solo... assicurati che non abbia motivo di chiedertelo."

Shea fece un passo avanti e la abbracciò. "Farò del mio meglio. Sono contenta per te." Sussurrò quest'ultima parte e, per un motivo o per l'altro, a Adrienne bruciarono gli occhi.

"Non... non è niente. Niente, ok?"

Shea annuì prima di aggrottare la fronte. "Lo capisco. Ma Adrienne? Non dire più che Mace non è importante. Credo che faresti un torto a entrambi."

Adrienne non disse nulla, mentre guardava l'altra entrare in macchina e allontanarsi. Rimase sola come un'idiota che non riusciva a inventarsi una palla che non faceva male a nessuno.

Entrò in macchina e guardò il cellulare che vibrava.

Mace: *Sei arrivata a casa sana e salva?*

Adrienne si rifiutò di sentire calore per quell'affetto.

Adrienne: *Sono ancora nel parcheggio. Volevo parlare un po' con Shea.*

Avviò l'auto prima di chiamarlo usando il Bluetooth. La macchina poteva anche essere vecchia, ma almeno quello ce l'aveva, dato che quella tecnologia non era *tanto* nuova.

"Scusa se ti telefono, volevo solo avviarmi verso casa e non volevo mandare messaggi mentre guido."

La voce profonda di Mace uscì dagli altoparlanti, a sentirlo così Adrienne temette di aver commesso un errore: si parlava di distrazioni.

"Sono felice che non mandi messaggi mentre guidi. Ti sei divertita con le ragazze?"

Lei annuì, poi si ricordò che lui non poteva vederla. Diamine, la faceva comportare come se fosse stupida e il bicchiere di vino bevuto più di un'ora prima non c'entrava niente.

"Tantissimo. Ho anche un bel quadro da appendere a casa."

La risata di Mace le andò dritta in mezzo alle cosce. Maledetto. "Ne avrai un centinaio prima o poi, finirai col darli a me."

"Sembra che tu non li voglia," lo prese in giro. "Solo per quello che hai detto, ti darò quello di stasera."

"Sono onorato," rispose secco, ma Adrienne sapeva che scherzava.

"Ehm... devo parlarti, ma non voglio farlo." Accostò nella sua via, grata del fatto che la distanza non fosse stata lunga, perché non voleva essere alla guida quando glielo avrebbe detto. "Aspetta, fammi spegnere l'auto, così posso usare il telefono e non far sentire la conversazione a tutto il quartiere." Una volta le era successo, si era dimenticata che le casse si sentivano anche con i finestrini chiusi, sarebbe stata in imbarazzo per sempre.

"Ok," disse lui, strascicando la parola. "Devo venire a prenderti? Sei al sicuro?"

Adrienne deglutì rumorosamente, gli occhi le pizzicarono di nuovo mentre si metteva il telefono all'orecchio. "Sto bene, promesso. Ma, beh, le ragazze hanno notato che sembro, ehm, diciamo rilassata?"

Mace non disse nulla, il silenzio era palpabile.

"In altre parole, hanno capito che vado a letto con qualcuno."

"E tu che hai detto?" le chiese. Adrienne non riuscì a interpretare la voce di Mace: di solito doveva guardarlo negli occhi per capire cosa provasse, non era mai stata brava a farlo al telefono.

"Che sì, vado a letto con qualcuno. Poi ho mentito completamente perché sono un'idiota: ho detto che è qualcuno che non conoscono e che non è una persona importante." Parlò velocemente in modo da non dargli la possibilità di dire una parola. "Appena l'ho detto ho capito che non avrei potuto dire niente di peggio, perché tu sei importantissimo per me. Sono stata stupida e mi dispiace di averti sminuito. So che stiamo camminando sulle uova mentre cerchiamo di capire *cosa* c'è tra noi, e non avrei dovuto dire che non sei importante come se tu non valessi niente. Mi dispiace tanto. Oh, e Shea sa di noi, per la cronaca. L'ha capito dal nulla e se l'è presa con me per quello che ho detto, ma ha promesso di non dirlo a Shep." Smise di parlare, aveva il fiato corto e si rese conto di aver detto tutto senza respirare.

"Tesoro."

"Sì?"

"Cavolo."

"Lo so."

"Innanzitutto, capisco perché lo hai detto. Diamine, probabilmente mi sarei comportato allo stesso modo e avrei delirato con te dopo. So che tu pensi che io sia importante e spero che anche tu sappia che vali lo stesso per me. Per quel che riguarda Shea, immaginavo che qualcuno lo avrebbe capito, dato che ci scopiamo con gli occhi. Non fraintendere, adoro immaginarti china su diverse superfici del negozio, ma se vogliamo mantenere il segreto dobbiamo trattenerci. Riguardo a Shep..." Fece una pausa. "Beh, quando saremo pronti a dirlo agli altri, una volta che avremo capito, affronterò tutto quello che ha da dire."

Adrienne poggiò la testa contro il volante, sapeva che prima o poi sarebbe dovuta andare in casa. "Sta diventando tutto complicato."

Mace rimase in silenzio tanto a lungo che Adrienne temette di averlo perso.

"Sì, ma noi lo eravamo già."

"Vero. Ma... non posso perderti come amico, Mace."

"Non mi perderai mai, Addi. Anche se torniamo a essere solo amici, non mi perderai mai."

Davanti a quell'affermazione strana, Adrienne si sedette dritta, chiedendosi cosa diamine stesse facendo.

"Buonanotte, Mace."

Lui sospirò. "Notte, Addi."

Poi al telefono si sentì solo silenzio, Adrienne fissò il cellulare e si chiese se quell'inizio fosse vicino alla fine... e se il migliore amico di sempre le avesse appena mentito.

CAPITOLO OTTO

Mace non poté fare a meno di sorridere mentre Daisy correva tra le braccia dei nonni e raccontava la propria giornata tanto in fretta che le parole si accavallavano. Tutti dicevano che i bambini erano flessibili, ma era incredibile il modo in cui Daisy aveva reagito dal primo giorno a casa del padre fino a quel momento. Parlava tutti i giorni con la mamma al telefono e si vedevano tramite Skype tre volte a settimana, ma la piccola si era adattata alla vita e alla routine di Mace con molta più facilità di quanto lui si fosse aspettato.

"Ehi, fratellone."

Mace si voltò mentre Sienna risaliva il vialetto con l'altra sorella, Violet, dietro di lei. Entrambe vivevano e lavoravano a Denver e non andavano più molto spesso dai genitori a Colorado Springs. Non potevano evitare i pranzi di famiglia mensili, però. Dato che con Mace c'era Daisy, non gli dispiaceva molto.

"Ehilà." Mise un braccio sulle spalle di Sienna e l'altro su quelle di Violet e strinse. "Mi siete mancate, mocciose."

Violet gli diede un pizzico sul fianco e lui fece una smorfia. La sorella aveva dita forti e anni di pratica, quando si trattava di prenderlo a pizzicotti senza farsi notare dai genitori. Era quello che succedeva tra fratelli, dopo tutto. Dato che aveva entrambe le sorelle tra le braccia, strinse entrambe per il collo, ma le fece strillare e si guadagnò un'occhiataccia dalla madre.

Lasciò subito andare le sorelle, ma non prima di abbracciarle di nuovo. Erano tutti più che adulti, ma non c'era niente di più soddisfacente che giocare con Sienna e Violet come quando erano bambini. Non era mai stato il fratello maggiore idiota che se la prendeva con le sorelline, piuttosto scherzava quanto loro e la loro relazione funzionava. Aveva odiato il momento in cui erano andate all'università a Denver: anche se era solo a un'ora di distanza, gli era sembrato molto più lontano perché non le vedeva tutti i giorni come prima.

Seguì le ragazze in casa e guardò i genitori che coccolavano Daisy. Non erano stati contenti di come si era comportata Jeaniene , ma avere l'accesso più totale alla bambina aveva smorzato la loro ira.

"Cresci davvero in fretta," disse Jeff, il padre di Mace, rivolto a Daisy con una risata profonda. "L'attimo prima mi entri nel palmo della mano, quello dopo sei alta quanto me."

Daisy saltellò da un piede all'altro con un sorriso che le andava da un orecchio all'altro. "Non sono *così* grande, nonno. Devo ancora credere tanto."

"Crescere," la corresse Mace e incrociò gli occhi davanti alle sorelle quando raggrinzirono le labbra. Non riusciva spesso a comportarsi da padre davanti a loro. Fino a poco tempo prima, non aveva avuto tutto il tempo che voleva con Daisy, per cui la famiglia doveva ancora vedere quel lato di lui non troppo nuovo. Dopo tutto, anche lui doveva ancora abituarsi al ruolo che aveva nella vita della bambina.

"Crescere," ripeté Daisy, che lo guardò raggiante prima di voltarsi di nuovo verso il nonno. "Sono una bimba grande, però. Grande, grande, grande."

Mace si ritenne fortunato che la figlia non lo stesse guardando, perché era sicuro di essere impallidito al pensiero di quanti anni fossero già passati. Ce ne sarebbero ancora voluti molti prima di arrivare alle nuove pietre miliari dell'adolescenza e oltre, ma il fatto che lui avrebbe potuto essere l'unica persona a vederle era schiacciante. Non aveva idea di quale sarebbe stato il prossimo passo di Jeaniene riguardo al lavoro o cosa sarebbe successo quando sarebbe tornata nel giro di qualche mese, ma Mace non avrebbe lasciato andare Daisy senza lottare. Non era riuscito a fare la scelta giusta la prima volta perché era al di là delle sue possibilità, quindi Jeaniene aveva avuto tutto il potere. Ma dopo l'improvviso trasferimento in Giappone, l'avvocato di Mace gli aveva assicurato che la procedura sarebbe andata diversamente. Avrebbe dovuto accettare tutto quello che gli sarebbe successo, ma non avrebbe lasciato che la relazione con Daisy tornasse a com'era prima.

La madre di Mace, Dani, venne ad abbracciarli uno a uno. "Ecco i miei bambini." Mace si chinò in modo che lei potesse baciarlo sulla guancia e lei gli diede una pacca sul viso. "Hai la barba davvero lunga. Ho sempre paura che mi graffi, invece quando ti bacio la guancia è morbidissima." Gli diede un'altra pacca prima di guardare male le sorelle, che alzarono gli occhi al cielo.

"Ha tutta una routine per prendersene cura..." disse Sienna con un sogghigno. "...come tutti i pirla barbuti."

"Che cos'è un pirla?" chiese Daisy e Mace scoccò un'occhiataccia alla sorella, che ebbe la grazia di fare una smorfia.

Mace prese in braccio Daisy e se la appoggiò al fianco. Stava diventando troppo grande, ma l'avrebbe presa in braccio finché poteva.

"È una parolaccia usata da gente che non capisce le barbe." Guardò l'altra sorella che sembrava voler dire qualcosa, forse ribattere con dei fatti, ma Mace non era dell'umore.

Daisy gli mise le manine sulla faccia e gli rivolse uno sguardo solenne che gli andò dritto al cuore. "A me piace la tua barba, papà. Se non vuoi essere un pirla barbuto non esserlo."

In quel caso, né Sienna né Violet riuscirono a trattenersi dal ridere e si unirono anche i genitori. Mace li guardò tutti con aria fintamente irritata prima di fare una pernacchia sul collo a Daisy. La bambina strillò di prima divincolarsi dalla stretta.

"Non usare quella parola, ok pasticcino? È da grandi."

"Ok. Come 'merda' e 'dannazione', giusto? Mamma dice che sono parolacce, ma zia Adrienne dice che appena divento grande posso usarle, se mi aiutano a dire meglio qualcosa."

"Daisy," disse severo, lei si guardò i piedi.

"Scusa."

Mace avrebbe dovuto strangolare la migliore amica... e morderla. Sì, morderla era una buona idea.

Poi allontanò subito quei pensieri, dato che non voleva farsi venire un'erezione davanti a tutta la famiglia.

"Quando sarai adulta come me potrai usarle. Che ne dici?"

Daisy annuì e Mace ignorò gli sguardi curiosi delle sorelle al nome di Adrienne. Nessuna delle due aveva mai creduto che lui e Addi non fossero mai andati a letto insieme prima di quel momento. Dato che attualmente aveva una quasi-relazione con lei, Mace sapeva di dover fare attenzione per mantenere quel segreto.

"E ora che abbiamo chiarito," si inserì sua madre, "finiamo di toglierci le giacche e andiamo in salotto. Ho preparato quei funghi che vi piacciono."

Daisy saltellò sulle punte dei piedi e Mace si chinò a toglierle il cappellino, la sciarpa e la giacca. Era stata nell'ingresso tutta coperta per troppo tempo e Mace non voleva che si riscaldasse troppo. Era arrivato un fronte freddo durante la notte e lui aveva la sensazione che sarebbe stato un lungo inverno. Sia lui che le sorelle si tolsero le giacche, per poi metterle sull'appendiabiti che era sulla stessa parete da quando era bambino ed era la madre a togliergli il giubbotto. Mace amava il fatto che, indipendentemente da come cambiava la vita, quella casa e i genitori fossero una costante. Pensava sempre che i genitori stessero invecchiando, dato che avevano aspettato per avere lui e ancora di più per avere Sienna e Violet, ma faceva del proprio meglio per ignorare quel pensiero. Voleva quei momenti con la famiglia e sarebbe sempre stato grato del fatto che riuscissero a passare del tempo con Daisy.

Se solo Sienna e Violet si fossero sistemate e avessero avuto dei figli, forse i genitori avrebbero smesso di tormentarlo perché era un padre single. Certo, l'idea che le sorelle perfette trovassero un uomo gli faceva suonare il radar da fratello maggiore, ma sapeva che era ridicolo. Voleva che fossero felici, ma avrebbe assolutamente recitato la parte del fratello iperprotettivo, se necessario. Era lì per quello.

"I funghi con il formaggio?" chiese Sienna. "Sono i miei preferiti." Allungò una mano e Daisy gliela prese, per poi saltellare insieme a lei in salotto dietro ai genitori.

Mace scosse la testa con un sorriso.

"Credevo che Sienna fosse quella tranquilla e pacata," disse Violet, con una risata. "Guarda come saltella con quelle scarpe."

Mace aveva notato i tacchi a spillo e non poté fare a meno di guardare quelle di Violet, non tanto diverse. "Tu non ci riesci?"

Lei gli diede una gomitata allo stomaco e lui fece una smorfia.

"Stai diventando aggressiva con l'età, Violetta Violenta."

"Sei un idiota, certe volte ho difficoltà a capire perché ti voglio bene. Per quel che riguarda il saltellare, tengo troppo alle caviglie. Sienna è più coraggiosa di me, anche se pagherei per vederti saltellare sui tacchi come ha fatto lei."

"Non credo facciano delle scarpe col tacco del mio numero."

"Le drag queen le trovano, quindi sono sicura che ce la faresti anche tu. Adesso ci conviene andare, prima di perderci i funghi perché se li mangia tutti Daisy. Quella bambina è uno spasso."

Mace sorrise a trentadue denti. "Sì, è vero. A dir la verità, mi ricorda te da piccola."

Violet gli sorrise con dolcezza. "È la frase migliore che potessi dirmi. Questo significa che sarà terrificante da adolescente. Non vedo l'ora di vederla."

"Sei cattiva. Dato che lo hai detto, tua figlia sarà tre volte peggio di te."

La sorella rabbrividì. "Ok, questa era crudele."

Le baciò i capelli, poi si sedette vicino a Sienna, dato che Daisy era in ginocchio davanti a lei e studiava i funghi con l'aria concentrata. Si batté un dito sulle labbra come aveva cominciato a fare di recente, abitudine che Mace aveva la sensazione avesse preso da Adrienne; poi la piccola ne indicò uno.

"Quello forse è per zia Sienna, questo per zia Violet, questo per il nonno. Poi questo... per la nonna. E uno anche per me."

Lui si chinò per toglierle i capelli dal viso. "E io? Per me non c'è?"

La bambina si guardò alle spalle e sorrise. "Certo, papà." Si voltò di nuovo e indicò il fungo più grande sul piatto. "Questo è per te. Zia Adrienne dice sempre che devi crescere e per questo mangi sempre quello che lascia nel piatto, così non lo deve finire lei."

Mace ignorò di nuovo le risate e gli sguardi di intesa della famiglia, mentre ognuno di loro prendeva il fungo che Daisy aveva assegnato.

"Grazie, pasticcino, questo fungo è perfetto." Lo morse e benedì il cielo per la bravura in cucina della madre. Se Mace non passasse tutto quel tempo in palestra, quei pranzi mensili lo avrebbero fatto ingrassare di dieci chili.

Finirono i funghi prima di andare in sala da pranzo, chiacchierarono di lavoro, vita privata, politica... un po' di tutto. Erano tutti piuttosto aperti riguardo alle loro vite, o almeno così pensava Mace; ma lui nascondeva qualcosa di grosso e non aveva idea di cosa nascondessero gli altri. Il pensiero lo portò a guardare le sorelle, che stavano molto attente a quello che gli dicevano della vita privata. Tuttavia, se voleva che loro stessero fuori dai suoi affari, doveva essere d'esempio e tenere il naso fuori dai loro, per il momento.

Quando Daisy andò a fare il pisolino pomeridiano sul divano dello studio, Mace le mise addosso la morbida coperta cucita dalla nonna e le baciò la testa, prima di tornare in salotto dove si aspettava che la famiglia lo mettesse sotto torchio.

Non si sbagliava.

"Che intenzioni hai, Mace?" gli chiese la madre, che si torceva le mani. "Non possiamo ridare Daisy a quella donna."

Mace sospirò, non gli piaceva che chiamasse Jeaniene *quella donna*.

"Non lo so, mamma. Adesso, legalmente, ho l'affidamento dato che lei è all'estero. Comunque, il mio avvocato si sta assicurando che da parte mia ci siano dei documenti che lo dichiarino in modo decisivo. Vogliamo avere le basi per l'affido esclusivo o un affido congiunto totale; in questo caso, quando Jeaniene torna, abbiamo tutti e due il cinquanta percento."

"Le daresti così tanto?" gli chiese la madre, a occhi socchiusi.

"È la madre di Daisy," intervenne Sienna. "Sì, ha

preso delle decisioni orrende riguardo alla relazione di Mace con la bambina, ma alla fine è la madre e non si pronuncerà solo il tribunale al riguardo, ma anche Daisy."

Mace annuì, la pensava come Sienna, ma prima di poter dire qualcosa, intervenne Violet.

"E allora? Ha *lasciato* Daisy qui senza preavviso. Non merita nemmeno un attimo con quella bambina."

Mace sollevò una mano, perché stavano alzando la voce e non voleva svegliare la figlia. "Primo, non sappiamo cosa succederà nei prossimi mesi o anni. Ci arriveremo. Alla fine non si tratta di cosa funziona per me, ma di quello di cui ha bisogno mia figlia. Anche se il modo in cui è successo *non* è stato nel suo miglior interesse, Daisy ha ancora bisogno della madre. Non lascerò che abbia l'affido esclusivo, però. Indipendentemente da quello che succede, lotterò per assicurarmi di passare più tempo con lei rispetto a prima."

Gli altri cominciarono a parlarsi addosso e a esprimere le loro opinioni, ma Mace si appoggiò allo schienale della sedia e incrociò lo sguardo del padre. L'uomo era rimasto in silenzio, perché aveva già parlato più volte in privato con Mace delle procedure necessarie dal punto di vista legale. Indipendentemente da quanto tutti loro volessero assicurarsi che Daisy restasse con Mace, sarebbe stato il tribunale a decidere e la famiglia di Jeaniene aveva sia i soldi che amici in posizioni prestigiose. Mace avrebbe lottato, ma alla fine avrebbe dovuto aspettare e vedere se avrebbe avuto la possibilità di continuare a essere il padre che voleva e *doveva* essere.

Dopo aver mangiato il dolce e aver sistemato una sveglissima Daisy sul seggiolino dell'auto, Mace era emotivamente e fisicamente esausto. Quel giorno aveva lavorato mezza giornata e portato Daisy al negozio, dove la piccola aveva passato la mattina con Shea. Mace sapeva di non poterla portare lì spesso, però. Avrebbe dovuto trovarsi una babysitter o una tata, ma doveva prima trovare i soldi. Fino a quel momento aveva pagato il mantenimento e stava aspettando gli ultimi documenti per vedere cosa sarebbe successo relativamente alla ex. Andava tutto al contrario, dannazione: non faceva nemmeno ridere, ma doveva assicurarsi a ogni costo che a Daisy sembrasse tutto normale. Quella sarebbe stata sempre la priorità.

"Possiamo guardare un film?"

Mace abbassò lo sguardo verso Daisy e annuì. "Si, abbiamo tempo prima di andare a letto. Perché prima non mettiamo il pigiama e ci laviamo i denti? Così, se ci addormentiamo, non dobbiamo svegliarci per forza."

"Ok!" La bambina saltellò fino in camera a cambiarsi e Mace scosse la testa. Le dava al massimo mezz'ora prima che si addormentasse davanti al film. Nonostante avesse schiacciato un pisolino e fosse piena di energia, non sarebbe durata. Daisy di solito aveva uno strano eccesso di energia proprio prima di andare a letto, per poi crollare. Mace ci aveva messo un po' ad abituarcisi.

Andò anche lui a mettersi il pigiama, anche se di solito non lo usava, ma non sarebbe andato in giro in mutande davanti alla bambina. La sua routine era cambiata drasticamente e lui si sarebbe adattato il più possibile.

Arrivarono insieme in salotto e lui si strinse la bambina contro il fianco sotto la coperta, mentre cercavano un film che piaceva a entrambi. In altre parole, avrebbe dovuto guardare di nuovo il film Disney con la principessa dai capelli lunghi che viveva in una torre. Dato che sia a lui che ad Adrienne piaceva il protagonista maschile, Flynn, quel film gli dispiaceva meno degli altri.

A proposito di Adrienne, Mace non aveva visto il messaggio che gli aveva mandato per chiedergli come stesse, per cui le rispose appena iniziò il film.

Mace: *Scusa, non ho visto il messaggio. Sono appena*

tornato da casa dei miei. Guardiamo il tuo film preferito.

Addi: *Dai un bacio a Flynn da parte mia.*

"È zia Adrienne?" chiese Daisy, guardando il telefono.

Mace annuì. "Sì. Vuole che diamo un bacio a Flynn da parte sua."

Daisy mandò dei bacini prima di toccare il telefono del padre. "Può venire a guardare il film con noi?"

Lui scosse la testa. "Stasera no, tesoro. Siamo già in pigiama."

La bimba annuì. "Ok. La prossima volta? Voglio bene a zia Adrienne, è la mia preferita."

Mace inspirò, preoccupato all'idea che la bambina si innamorasse della migliore amica come lui. Non lo avrebbe mai ammesso ad alta voce, quindi non poté fare altro che chinarsi a baciare la testa di Daisy.

"Forse."

"Ok. Dille che le voglio bene e buonanotte, ok?" Si accoccolò contro di lui senza sapere che gli stava spezzando il cuore.

Era già tutto abbastanza complicato, ma Adrienne era stata parte della vita di Daisy da quando era nata, il che non era sfuggito a Jeaniene, che non ne era mai stata felice. Anche se Mace avrebbe dovuto fare attenzione, non avrebbe potuto strappare Addi dalla vita di

Daisy, indipendentemente da quanto sarebbe potuta sembrare la soluzione migliore per evitare di rimanere col cuore spezzato.

Mace: *Daisy vuole che la prossima volta tu venga a vederlo con noi. Dice anche che sei la sua preferita.*

Mace: *E che ti vuole bene.*

Addi: *Dille che le voglio bene anch'io e che la prossima volta ci sarò sicuramente per guardare Flynn Rider che sculetta.*

Mace: *Sei strana.*

Addi: *È la qualità che preferisci di me. Vai a coccolare tua figlia. Ci vediamo domani.*

Mace non rispose, perché non poteva dirle quale fosse stato il primo pensiero che gli era venuto in mente, non quando c'era così tanto di *non* detto.

Non poteva innamorarsi di Addi, indipendentemente da quanto fosse facile. Perché innamorarsi era la parte semplice, doverci convivere lo avrebbe fatto a pezzi.

CAPITOLO NOVE

Adrienne aveva la sensazione che, indipendentemente dallo yoga, quel tatuaggio in particolare l'avrebbe lasciata col mal di schiena per settimane. Le facevano male i polsi e le pulsavano le tempie in modo insistente. Se metteva insieme tutti i sintomi, sembrava che stesse per venirle il raffreddore, ma sapeva che non era così. Non si stava per ammalare, ma avrebbe dovuto cominciare a dormire senza interruzioni.

Certo, sarebbe stato più facile se non avesse fatto ogni notte sogni realistici su Mace e la sua bocca, le mani, l'uccello e tutta quella roba fantastica. Mace Knight le infestava i sogni e, peggio ancora, era diventata una vera e propria distrazione al lavoro. Adrienne non avrebbe voluto che succedesse ma, in un modo o nell'altro, non poteva fare a meno di guardarlo quando non era impegnata su un tatuaggio, al punto che il suo corpo sapeva sempre in quale punto del negozio si trovasse Mace. Era come se Adrienne avesse un radar che riusciva sempre a sentirlo arrivare anche quando cercava di ignorarlo.

Quando c'erano gli altri, Mace e Adrienne si comportavano come se niente fosse successo, però. Erano sempre stati legati e tutti sapevano della loro amicizia, ma Adrienne aveva sviluppato un senso di conoscenza riguardo a Mace, perciò era difficile metterlo da parte e comportarsi come se nulla fosse. Quando erano soli, per lei era complicato non toccarlo, ma doveva trattenersi. Non avevano ancora definito la loro relazione, anche se ne parlavano e ci giravano intorno. Come faceva lei a concentrarsi sul lavoro, quando lui era *lì* in tutta la sua gloria sexy, imbronciato e sofisticato, con i capelli bianchi che diventavano sempre di più? Era un papà sexy e dall'aria matura e quei pensieri le facevano venire voglia di urlare.

Perché Adrienne non riusciva a essere normale?

No, doveva essere quella strana e ossessionata che non riusciva a smettere di fissare il migliore amico. Peggio ancora, *non sapeva minimamente* se lui provasse lo stesso per lei. Dato che non riusciva a pensare ad altro e non voleva ossessionarsi ancora di più, allontanò quei pensieri e continuò a lavorare. Non era piacevole essere da sola nella posizione in cui aveva la sensazione di scivolare precipitosamente nelle profondità immature del destino.

Mai.

Guardò il tatuaggio che stava creando, ignorò i doloretti e divenne chi voleva essere.

Una tatuatrice con le palle.

E che cavolo.

Quel giorno Adrienne aveva una cliente molto coraggiosa che voleva un tatuaggio sulla cassa toracica che le girasse sulla schiena fino all'altro fianco. Per quanto Adrienne avesse dei tatuaggi sulle costole che le scendevano sotto il seno, i suoi non giravano intorno alla schiena per diventare parte di un unico tatuaggio più grande. Erano per lo più pezzi più piccoli messi insieme fondendo con il tempo il lavoro di Mace e di Shep. Aveva ancora molta pelle libera per un altro tatuatore, ma era molto schizzinosa quando si trattava di qualcosa che le sarebbe rimasto addosso per tutta la vita, perciò si fidava solo del fratello e di Mace. Non voleva un tatuaggio tanto per farsene uno, anzi, sapeva che il detto per cui non ci si doveva fidare di un tatuatore non tatuato non valeva sempre. Lei aveva dei tatuaggi, ma per lo più nascosti dai vestiti, per il momento.

Per quella cliente in particolare, quando Adrienne avrebbe finito, la schiena e i fianchi sarebbero stati completamente coperti. Le ci sarebbero volute almeno quattro sessioni, cinque se una delle due si fosse stancata troppo o la pelle non avesse reagito bene. Adrienne era entusiasta, anche se il suo corpo la odiava. Dopo quello, avrebbe proprio dovuto fare un bel tatuaggio sulla bassa schiena o sul braccio solo per stiracchiare i muscoli indolenziti. Erano in molti a volere quel tipo di tatuaggi e le piaceva molto farli: il lavoro di Adrienne prevedeva mettere arte in modo permanente sul corpo degli altri. Le affidavano sia i loro corpi sia qualcosa che avrebbero avuto addosso per tutta la vita, lei non lo prendeva sottogamba. Per quel motivo tre dei suoi più talentuosi artisti preferiti lavoravano con lei. Shep, Ryan e Mace erano più che dotati e lei era fortunata a collaborare con loro; anche se, prima o poi, avrebbe voluto assumere un'altra donna quando avrebbe potuto permettersi una quinta artista, perché c'era un po' troppo testosterone in giro.

La cliente fece una smorfia per la quinta volta di fila, perciò Adrienne si rese conto che per quel giorno poteva bastare. Jenn aveva superato la scarica di endorfine e sentiva ogni colpo dell'ago nella pelle indolenzita e gonfia. Erano arrivate a buon punto in un giorno solo e ci sarebbero tornate su presto. Per il momento, però, Jenn avrebbe avuto sulla pelle il contorno di quasi tutto il tatuaggio su un fianco e sulla schiena. Adrienne non sarebbe mai riuscita a completare tutti e due i fianchi in un giorno, non quando Jenn si sentiva più comoda a stare sdraiata. Si sarebbe solo fatta male inutilmente.

"Ok, tesoro, per oggi basta. Come ti senti?" Adrienne si raddrizzò sulla sedia e cominciò a ripulire la zona e a preparare la medicazione che Jenn avrebbe portato per qualche ora.

Jenn non si stiracchiò, visto che probabilmente le avrebbe fatto male, ma sospirò di sollievo. "Sto bene. Sono felice che per oggi sia finita, però. Per un po' andava tutto bene, ma credo di essere arrivata al limite."

Felice di aver interpretato la situazione nel modo giusto, Adrienne le spiegò come occuparsi del tatuaggio mentre la aiutava a sedersi. Mace portò del succo di frutta e un biscotto nel caso avesse avuto un calo di zuccheri e Jenn li accettò grata, con gli occhi che le si incupivano mentre guardava Mace.

Adrienne dovette impegnarsi per non marcare il territorio, ma sapeva di non doversi comportare da idiota al lavoro. Il migliore amico era dannatamente figo: se voleva stare con lui, in *qualunque* modo, Adrienne doveva accettare l'idea che innumerevoli donne gli mettessero continuamente gli occhi addosso.

"Grazie," Jenn fece le fusa, Adrienne si trattenne a malapena dal guardarla male. Pochi secondi prima l'altra soffriva dopo ore di lavoro, e subito dopo faceva la gatta morta con Mace. Ovviamente. "Mace, giusto?"

Mace le rivolse un sorriso educato, non quello che faceva bagnare le mutandine di Adrienne, che sapeva quali parolacce e pensieri sconci c'erano dietro quell'espressione; perciò, quella volta, fu lei a nascondere il sogghigno. Sì, non aveva idea di che intenzioni avesse nello schema generale, ma Mace era tutto suo.

In testa poteva sentire l'allarme interno che suonava sospettosamente come l'allarme rosso di *Star Trek* e fece del proprio meglio per ignorarlo. Solo perché aveva definito Mace *suo* e voleva marchiarlo in quel modo non significava che si stesse innamorando di lui o qualche altro errore simile. Significava solo che era possessiva quando si trattava delle persone con cui andava a letto occasionalmente, sapendo che non c'erano vere promesse al di là dell'assicurarsi che non si facesse troppo sul serio.

Se continuava a ripeterselo senza mettersi a ridere, avrebbe finito col crederci.

"Esatto. Addi sta facendo un lavoro fantastico. Non vedo l'ora di vedere il risultato finale."

Jenn sorrise di nuovo, quella volta scese ondeggiando dalla panca per mettersi accanto a lui. Mace si fece subito avanti per aiutarla e Jenn praticamente gli sospirò addosso.

Ok, la faccenda stava diventando fastidiosa, ma Adrienne non aveva nessun diritto a quella gelosia che le contorceva le viscere, dopo tutto Mace non ci stava provando con Jenn. In effetti, lui si stava comportando normalmente in modo professionale e Adrienne doveva smetterla. In fretta.

"Mi farebbe piacere mostrarti com'è quando è finito," disse Jenn e si appoggiò a lui.

"Sono certo che Addi me lo mostrerà. Adoro vedere il suo lavoro." Adrienne fece del proprio meglio per non darsi delle arie davanti all'espressione delusa sul viso di Jenn. Poi tornò a essere professionale e le mostrò esattamente cosa aspettarsi, infine andarono al banco a prenotare la sessione successiva.

Quando Jenn se ne andò, il mal di testa di Adrienne non era passato e il cliente di Ryan era l'unico rimasto, dato che lei e Mace avevano un intervallo di mezz'ora tra gli appuntamenti. Adrienne doveva ripulire la postazione, lavorare un po' ai conti e vedere cosa li aspettasse il giorno dopo, dato che sarebbero stati solo più indaffarati.

Quando stava per tornare alla postazione, Mace le mise la mano sul braccio per fermarla.

"Che c'è?" gli chiese, consapevole che non erano gli unici due nella stanza. Ryan stava lavorando, ma Adrienne sapeva che poteva voltarsi verso di loro in qualunque momento.

"Dobbiamo parlare." Le tirò il braccio e lei si mosse con lui, lo stomaco che si serrava.

Sapevano entrambi che da quelle parole non veniva mai niente di buono, indipendentemente da chi le dicesse. Beh, era stato bello finché era durato, giusto? Non avevano una relazione seria. Adrienne immaginò che avrebbero smesso con quella storia indefinita, per cui poteva tornare alla normalità e smetterla di sentirsi tanto dannatamente gelosa quando qualcuna flirtava con Mace. Quel loro tenersi tutto dentro le stava facendo venire mal di testa e la faceva comportare in un modo che non era da lei. Non era sicura che le piacesse quella versione di sé nevrotica, che non riusciva a smettere di pensare a come si sentisse piuttosto che ad agire.

"Ryan, saremo nel retro. Controlli la porta?" La voce profonda di Mace riportò Adrienne alla realtà e si ritrovò a bocca aperta. Che diamine avrebbe pensato

Ryan, a sapere che se ne andavano nel deposito insieme con la porta probabilmente chiusa?

"Nessun problema," disse Ryan, con la voce bassa e strascicata che faceva girare la testa alle donne. Non a lei, dato che non le era mai successo in tutta la vita, però... Certo, solo a pensarci Adrienne si rese conto che sarebbe potuto accadere se Mace si fosse trasformato in un cavernicolo, ma non ci avrebbe pensato per molte ragioni, ma anche perché non le piaceva essere cambiata in quel modo. Ryan li guardò incuriosito ma non disse niente e lei gliene fu grata. Non era sicura di cosa avrebbe potuto dirgli.

Adrienne lasciò che Mace la portasse nel deposito, perché sapeva che tirarsi indietro e fare una piazzata avrebbe solo peggiorato la situazione. Appena lui si chiuse la porta alle spalle, lei tirò via il braccio e lo spinse via.

"Non hai il diritto di fare il cavernicolo e di trascinarmi in giro per il *mio* negozio. Non funziona così. *Chiaro*, Knight?"

Mace incrociò le braccia sul petto e socchiuse gli occhi. "Chiaro, Addi. Però sei venuta con me senza protestare: se avessi tirato via il braccio, ti avrei lasciata andare. Sai che non ti farei del male."

Lo sapeva? Adrienne non era più sicura di niente. Certo, lui non le avrebbe fatto del male fisicamente o intenzionalmente, ma emotivamente Adrienne temeva di essere già sulla strada sbagliata e senza speranza di tornare indietro illesa.

Il fatto era che lei *non* aveva cercato di allontanarsi. Era andata liberamente, il tocco di Mace la confortava, anche se temeva sia quello che gli altri avrebbero potuto vedere sia cosa l'aspettasse. Mace l'aveva ingarbugliata talmente tanto che Adrienne non sapeva se si sarebbe mai districata.

"Lo so," gli disse. "Ma siamo al lavoro, Mace. Ryan si sta probabilmente chiedendo che ci facciamo da soli nel deposito quando c'è da lavorare. Trascinarmi qui non è per niente prudente," aggiunse, secca.

Mace le si avvicinò e lei sentì il cuore accelerarle mentre lui la spingeva verso lo stesso muro contro cui l'aveva scopata. Adrienne ricordava la sensazione del seno premuto contro il freddo della vernice e dello stucco, come lui avesse spinto dentro di lei, facendosela venire sull'uccello. Adrienne li aveva quasi inzuppati entrambi e sapeva di volerlo marchiare come suo ancora una volta.

Quando le fu davanti, con il respiro caldo contro il collo, lei si inarcò contro di lui, lo desiderava senza neanche saperlo.

"Mace. Non possiamo."

Lui le morse il collo e le si inumidirono le mutandine. "Non ti scoperò qui, non con il negozio aperto e la possibilità che entri qualcuno. Non ho chiuso la porta a chiave, Addi. Potrebbe entrare chiunque. Chiunque potrebbe sentire l'odore del tuo desiderio perché *so* quanto cazzo sei bagnata per me adesso."

Le passò le dita fra le gambe attraverso i jeans e lei si morse il labbro per trattenere un gemito. "Sei caldissima al tatto. So che se ti slacciassi i pantaloni e ti infilassi un dito dentro mi bagneresti la mano, mi gocciolerebbe tutto dalle dita. Ma non lo farò."

Adrienne strinse le gambe, ondeggiò e gli incastrò la mano. Quando Mace le mise l'altra mano sul fianco per tenerla ferma, lei trattenne un altro gemito. Quell'uomo la uccideva poco per volta.

"Dobbiamo tornare di là," disse, mentre cercava di trovare il controllo che un tempo aveva ritenuto tanto importante.

"Lo so." Le leccò il collo dove l'aveva morsa e Adrienne si rese conto che avrebbe dovuto portare i capelli sciolti per tutto il resto della giornata, o tutti avrebbero visto dove l'aveva marchiata. "Ma dobbiamo prima mettere in chiaro un punto."

Lei lo guardò e si allontanò per concentrarsi. "Che cosa?"

"Ho visto come mi hai guardato, quando Jenn ci ha provato. Lei non è te, Addi. Siamo solo io e te, ricordi? Indipendentemente da chi cerca di mettersi in mezzo, non sarà importante, perché siamo solo noi due alla fine. Ho guardato quei tizi che vengono al negozio, ti sbavano addosso e ti guardano le tette mentre cammini e il modo in cui ondeggiano, perché sei una peste. Per la cronaca, prima o poi te le scoperò, ma sto divagando."

Lei batté le palpebre e trattenne una risata davanti all'espressione seria di Mace mentre pensava a scoparle le tette. Solo Mace Knight.

"Sei stata tu a dire che volevi tenerci segreti e io ho accettato per non confondere Daisy. Per cui, continuiamo così, o per lo meno lontano dalla bambina, così non incasiniamo quello che abbiamo tra noi e quello che lei ha con entrambi. Dobbiamo stare attenti a non mostrarci gelosi e a non far vedere che vogliamo scopare su ogni superficie del negozio, però. Credi di riuscirci, Addi?"

"Mi confondi troppo." Gettò la testa all'indietro e ignorò il mal di testa.

"Tu non sei diversa," disse lui. "Ma, onestamente, ci confondevamo ancora prima di cambiare le carte in tavola. Sei ancora la mia migliore amica, Addi, questo non cambia, ma devi sapere che non me ne andrò. Non ci proverò con un'altra come uno stronzo."

"Non capisco perché ero gelosa." Sapeva che

probabilmente non avrebbe dovuto essere tanto aperta e onesta riguardo ai propri sentimenti, ma nasconderli avrebbe solo peggiorato la situazione.

Mace le passò il pollice sulla guancia. "Sì, capisco. Questo aggiunge un altro livello, vero?"

Lei lo guardò, le faceva male il petto. "Stiamo di nuovo cambiando. Credo... credo che dobbiamo definire cosa siamo, perché stiamo solo complicando tutto. Possiamo anche dire che dobbiamo concentrarci su altro e non lasciare che *questo* ci faccia male, ma stiamo passando talmente tanto tempo a preoccuparci di *cosa* sia che siamo confusi."

"Scopamici non funziona molto, vero?" Mace aggrottò la fronte e lei sospirò.

"No, non funziona, ma non siamo mai usciti insieme."

"Ceniamo insieme almeno tre volte a settimana." Le mise una mano tra i capelli e lei glielo permise.

"Cenavamo insieme prima che succedesse tutto. Onestamente, non so se sono pronta ad andare a un appuntamento con la A maiuscola. Mi piace come va adesso tra noi a letto. Credo che vada bene per entrambi, per lo meno a livello di stress. Ma appena usciamo dal letto sono terribilmente confusa."

Mace sorrise e lei alzò gli occhi al cielo. "So che vuoi dire." Poggiò la fronte su quella di lei e Adrienne temette che, se avessero continuato a scappare da quello che avevano davanti, non avrebbero mai trovato quello che gli serviva. "Perché non ti prendi un po' di tempo per pensarci? Pensa a quello che vuoi, ma sappi che non vado da nessuna parte, Addi. Sì, voglio tenere questo separato da Daisy perché è mia figlia, il mio mondo, ma non ho intenzione di nascondere tutto."

Prima che lei potesse pensare a cosa rispondere, bussarono alla porta. Lei e Mace si separarono talmente in fretta che Adrienne temette che lui sarebbe caduto col sedere per terra.

"Ehi, ragazzi, credo che dobbiate uscire. C'è la polizia e non hanno l'aria allegra."

Adrienne si irrigidì prima di guardare Mace. La polizia? Che diamine volevano?

In quel momento, piccoli problemi come quello che stava succedendo con Mace finirono fuori dalla finestra, e andarono in primo piano le questioni più importanti, la vita di Adrienne, il negozio e la persona che voleva rovinare tutto.

Allontanò Mace e uscì dal ripostiglio, superando Ryan e la sua espressione dura. Non pensava che quello sguardo fosse per lei, ma per i due agenti all'ingresso della MIT, con le braccia incrociate sul petto e la fronte aggrottata.

Mace rimase dietro di lei e Adrienne sapeva che

nessuno dei due aveva più per la testa i pensieri su preoccupazioni personali.

Qualcuno stava cercando di danneggiarle il negozio, una seconda casa. Purtroppo, Adrienne aveva la sensazione che fosse solo l'inizio.

CAPITOLO DIECI

"Pensavano davvero che vendeste droga al negozio?"

Landon, un amico di Mace, sembrava incredulo e lui non gliene faceva una colpa. Nemmeno Mace riusciva a credere a quello che era successo il pomeriggio prima. Infatti, era stato così arrabbiato persino dopo che i poliziotti se ne erano andati, che a fine turno era corso via perché gli serviva spazio.

Adrienne si era infuriata persino più di lui e, dato che non potevano usare quella rabbia per fare sesso, quella sera erano stati ognuno per conto proprio. Onestamente, a Mace serviva comunque del tempo per pensare. Era uscito per bere una birra con Landon e Ryan e per cercare di rilassarsi dopo una serie di giornate pesanti e dopo aver cercato di farsi un'idea di quello che era successo nelle ultime settimane, soprattutto la sera prima.

"Pensavo che ti avrebbero ammanettato," disse Ryan, che inclinò la birra verso Mace. "Sei uscito dietro Adrienne, tutto tatuato e con l'aria da duro, giuro che sembrava che gli agenti avrebbero preso le pistole."

Mace si passò una mano sul viso prima di scoccare un'occhiataccia a Ryan. "Non è stato *tanto* male, ma dover stare dietro Addi mentre lei prendeva la situazione in mano non è stato facile."

"È la titolare, ha senso," disse Landon, "ma dover stare in disparte mentre la tua donna affronta delle false accuse e non poter fare nulla oltre ad annuire e starle accanto è dura, amico."

Ryan si strozzò con la birra prima di fare un sorrisetto a Mace. "La tua donna, eh?"

"È mia amica, il mio capo. Non è la mia donna." Probabilmente era una bugia colossale, ma non poteva dire niente di diverso in quel momento. "Ma l'importante è che non hanno trovato droghe, anzi si sono incazzati perché sono dovuti venire a vuoto. È la *seconda* chiamata fasulla in altrettante settimane... e poi mettici i graffiti... abbiamo un serio problema."

Il sorriso di Ryan si affievolì e poi lui scosse la testa. "A qualcuno non è piaciuto dove abbiamo aperto il negozio. Per quanto di solito direi che possono andare a fanculo, stanno solo creando complicazioni."

Mace annuì. "Il numero di persone senza appuntamento non è alto quanto dovrebbe per questo periodo dell'anno. Shep e Addi sono preoccupati."

"Credi che la gente abbia paura di quello che sente dire?" chiese Landon prima di prendere il telefono. "Come sono le recensioni online?"

"Buone, a quanto ne so, per cui devono essere girate voci su quello che è successo con il passaparola." Mace bevve un altro sorso di birra poi prese un'aletta di pollo perché aveva bisogno di cibo orribile per superare il malumore. Sienna si sarebbe occupata di Daisy, dato che la bambina aveva deciso di mettere in scena una recita per la zia preferita. A Mace non era dispiaciuto e Daisy era felicissima all'idea di dormire fuori, per cui lui aveva lasciato che la sorella gli desse ordini. In questo modo Mace aveva trovato il tempo di mangiare qualcosa e bere una birra con Ryan e Landon, appuntamento che non gli era più riuscito da quando la figlia viveva con lui. Trovare quell'equilibrio non era stato facile: se non fosse stato per la famiglia e per Adrienne, Mace sapeva che non sarebbe riuscito a gestire la situazione.

Ryan staccò l'etichetta dalla bottiglia e aggrottò la fronte. "Facciamo ottimi tatuaggi, dannazione. I nostri clienti affezionati ci hanno seguito da due negozi diversi e sono già prenotati. Diamine, c'è gente che ha seguito Shep da New Orleans. Lui nemmeno pensava che succedesse, ma hanno organizzato una vacanza apposta. È fantastico. Abbiamo persino una lista d'attesa per i nuovi clienti che hanno sentito parlare di noi."

"Ma stiamo perdendo un po' di quel flusso iniziale di persone che non avevano mai sentito di noi e vogliono fare un tatuaggio in un posto più vicino a casa invece di andare dall'altra parte della città." Mace sospirò. "Diamine, tutto questo stress su Shep e Addi non è d'aiuto. Hanno rischiato un sacco, come i cugini a nord che hanno investito tanto. Ho la sensazione che non abbiamo visto ancora niente di quello che vuole fare quello stronzo."

"Deve essere quel tizio, giusto?" chiese Landon. "Sarebbe una coincidenza troppo evidente per non essere il tipo che è venuto a minacciarvi il giorno dell'apertura."

"È quello che pensavamo."

"A proposito, amico, mi dispiace di non essere riuscito a venire all'apertura e nemmeno dopo," aggiunse Landon. "Sono un po' incasinato con il lavoro, ma mi sento uno stronzo."

"Non fa niente. Ti ho prenotato il tatuaggio,

quindi se non ce la fai prima dell'appuntamento, vedrai il negozio tra un mese quando hai le ferie."

Landon era un mediatore finanziario che aveva turni peggiori di quelli di Mace quando, i primi tempi, restava al negozio anche di notte. Era il migliore, forse era anche *troppo* bravo, perché i capi lo spolpavano fino all'osso. Mace era onestamente sorpreso dal fatto che Landon fosse riuscito a unirsi a loro per cena. Shep non aveva avuto tempo e Carter era in ritardo. Mace non conosceva bene Carter, ma aveva sposato una Montgomery, il che significava che era parte del gruppo, anche se ancora non lo sapeva.

Neanche a farlo apposta, Carter li raggiunse: aveva l'aria esausta, ma era comunque riuscito a unirsi a loro. Lavorava tantissimo come Landon e cominciava a vedersi. Mace si spaccava la schiena, certo, ma aveva anche una figlia e la salute a cui pensare. Non aveva più vent'anni e un paio d'ore di sonno non gli bastavano più, ma lo stesso valeva anche per gli altri.

"Ehi, Carter." Mace indicò la sedia vuota e l'altro si sedette a tavola. "Sono felice che tu ce l'abbia fatta."

Carter sorrise, gli occhi non sembravano tanto stanchi quanto Mace aveva inizialmente pensato. "Volevo cenare con Roxie prima di venire qui, spero non sia un problema. Tra le sue scadenze e i miei operai che si danno malati, non siamo riusciti a cenare insieme per quasi tutta la settimana. Ma ho pensato di venire almeno per una birra."

"Visto? Sei un bravo marito," disse Landon. "Noi single siamo stati costretti a mangiare alette piccanti che forse ci faranno venire bruciore di stomaco, ma tu hai mangiato qualcosa di buono con tua moglie. La serata perfetta."

Mace sorrise da sopra il boccale, Carter alzò gli occhi al cielo, prima di spiegare che né lui né la moglie erano in grado di cucinare, ma stavano imparando. "Prima o poi, mangeremo qualcosa di meglio dello stufato di tonno, preparato sui fornelli, non siamo ancora arrivati a usare il forno." Ryan versò da bere a Carter dato che avevano ordinato una caraffa invece di prendere una birra artigianale. Solo Landon quel mese aveva dei soldi in più, dato che gli altri attraversavano un momento di cambiamento che li costringeva a risparmiare.

"Questo è amore, però: mangiare delle schifezze preparate insieme." Mace sollevò la birra per fare un brindisi e gli altri si unirono a lui.

Carter alzò gli occhi al cielo ma sorseggiò la birra. "Roxie diventerà più brava di me. È determinata." C'era dell'altro nella voce dell'uomo, ma Mace non riusciva a capire cosa; dato che non erano affari suoi, non insisté.

"Addi non è male come cuoca e sappiamo tutti che Thea è un'ottima pasticcera e chef. Credo che anche Shep se la cavi: sembra che il talento non sia venuto a mancare." Mace allungò la mano per prendere un'aletta e schiaffeggiò quella di Ryan quando l'altro cercò di fregargliene una. Ryan gli piaceva, lo considerava un amico, ma nessuno poteva mettersi tra lui e le alette.

Carter guardò Mace attraverso le palpebre socchiuse e bevve la birra. "Sembra che tu stia passando un bel po' di tempo con mia cognata Adrienne, a quanto vedo."

Ryan tossì e allargò sempre di più il sorriso, mentre Landon li guardava con le sopracciglia sollevate.

"Tu e la tua Addi?" chiese Landon, un po' troppo curioso.

Mace mise giù la birra e guardò gli uomini che definiva amici. "È la mia migliore amica." Non era una bugia, nemmeno la verità, ma lui e Adrienne non erano pronti a far sapere agli altri che rapporto ci fosse fra loro. L'aspetto più importante era che non lo sapevano nemmeno loro due perché, per quanto avessero parlato della loro relazione e di come si sarebbero assicurati che nessuno dei due si sarebbe fatto male, Mace sapeva che nascondevano entrambi la testa nella sabbia quando si trattava di definizioni e sentimenti.

Forse, *forse*, era così che sarebbero riusciti a farla funzionare, almeno per il momento.

"Ah sì? E quindi?" Carter fece l'occhiolino e mise giù la birra. Aveva bevuto solo qualche sorso e Mace si chiese se l'avrebbe finita. Avevano preso una caraffa da condividere, dato che dovevano guidare, per cui non era un problema. "Non dirlo, va bene. Ma devi sapere che ho visto le scintille tra voi quando sono passato al negozio. Ho la sensazione che, se Roxie e Thea fossero insieme a voi, se ne accorgerebbero subito."

"Se Shep non fosse tanto concentrato sul lavoro e sulla famiglia, se ne accorgerebbe anche lui," aggiunse Ryan. "Voi due che andate insieme in magazzino e ne uscite tutti rossi e arruffati è un bell'indizio. Per dire."

Landon gettò la testa all'indietro e rise, gli altri lo imitarono e Mace non confermò né smentì. Dopo tutto, non era costretto. Lo sapevano già. Mace aveva la sensazione che, se se lo fossero messi in testa, gli amici avrebbero vuotato il sacco con la famiglia di Addi e la sua, per lo meno stando a come si comportavano.

Per fortuna, la conversazione si spostò sulla squadra dei Broncos e le loro scarse possibilità di arrivare ai playoff e presto gli uomini ebbero la pancia piena di alette di pollo e acqua, dato che avevano finito la birra.

Si salutarono e, dato che Mace era masochista o forse perché aveva una dipendenza dall'unica donna per cui non avrebbe dovuto averla, si ritrovò a svoltare nella via di Adrienne e a parcheggiare davanti casa sua. Aveva chiamato la sorella per poter parlare un po' con Daisy prima che andasse a letto e lei aveva raccontato che si erano accampate nella stanza di Sienna, con tanto di fortino di coperte e cuscini. La sorella gli aveva detto di divertirsi e l'aveva preso in giro riguardo al vedere la sua donna. Mace non pensava che lei sapesse esattamente chi fosse, ma avrebbe sfruttato il tempo che aveva.

Mace non aveva né scritto né telefonato ad Adrienne e, dato che di solito lei parcheggiava in garage, lui non sapeva se fosse in casa. Probabilmente, era una stupidaggine, ma di recente era bravo a prendere decisioni idiote.

Spense il motore ma, prima di riuscire a uscire dall'auto e arrivare alla porta con la speranza che Adrienne fosse in casa, gli arrivò un messaggio.

Addi: *Mi stai spiando?*

Lui sorrise e scosse la testa mentre le rispondeva.

Mace: *Se sai che sono qui fuori, sei tu quella che spia me dalla finestra, come in quel vecchio film con gli uccelli.*

Addi: *Il film della finestra non è quello degli uccelli, scemo.*

Mace: *Purtroppo, sembra che io abbia delle lacune sui classici. Posso venire dentro a guardarne qualcuno?*

Addi: *...*

Mace: *Che c'è?*

Addi: *È la scusa peggiore di sempre. Ma entra e ti faccio venire.*

Addi: *Ehm, volevo dire qualcosa di eloquente e signorile che non desse l'idea che penso al tuo uccello.*

Addi: *Perché lo sto facendo.*

Addi: *Cioè, no.*

Addi: *Cioè, entra e fammi giocare con il tuo uccello.*

La risata di Mace riempì l'abitacolo del pick-up e lui scosse la testa, si mise il telefono in tasca e uscì al freddo. Chiuse l'auto e non aveva nemmeno alzato il pugno per bussare quando Adrienne aprì la porta e gli gettò le braccia al collo.

"Ehilà, marinaio," lo prese in giro. Lui la prese per il sedere e se la sollevò fra le braccia. Adrienne gli strinse le gambe intorno alla vita, Mace entrò in casa e usò il piede per chiudersi la porta alle spalle.

"Sai che soffro il mal di mare," disse lui, voltandosi per mettere il chiavistello prima di portare Adrienne in salotto.

"Allora ci andrò piano." Lo baciò e lui ringhiò, aveva bisogno del sapore di lei più dell'aria.

"Non è un problema che io sia qui, allora? Che non ti abbia chiamata?" Mace non voleva superare nessun confine e sapeva che avevano entrambi bisogno dei loro spazi.

Lei gli morse la mascella e sorrise, con gli occhi che brillavano. "Non hai mai dovuto chiedere prima di vedermi nuda e non devi farlo adesso. Ti sei divertito con i ragazzi?"

Lui la baciò dietro l'orecchio e adorò il modo in cui lei gli si strinse contro facendo le fusa. "Sì. Ma Ryan e Carter hanno capito, il che significa che lo sa anche Landon. Non so quanto a lungo riusciremo a tenerlo nascosto agli altri."

Lei si fece indietro e batté le palpebre. "Ryan lo avevi immaginato, ma Carter?"

"Ci ha visti guardarci come se volessimo strapparci i vestiti di dosso e stasera ne ha parlato."

"Beh, ok. Credo... credo che continueremo così senza mentire." Era talmente immobile fra le braccia di Mace che lui aveva la sensazione che, se non avesse detto le parole giuste, avrebbe mandato tutto al diavolo.

"A me sta bene, Addi. Adesso, dato che non sono più tanto giovane, dovrò metterti sul bordo del divano, così posso scoparti tra un po'. Ok?"

Lei rise e obbedì, quindi si mosse per farsi mettere giù. "Perché non andiamo in camera da letto? Ho un bel materasso morbido. Quando avrai finito di sbattermici contro, ti lascerò stendere e rilassarti mentre ti faccio venire." Allungò una mano fra loro e gli strofinò l'uccello attraverso i jeans facendolo gemere. "Il tuo uccello mi manca *davvero* tanto."

"Dici delle parole dolcissime, Addi." Si chinò a baciarla: sapeva che, a quel punto, erano molto più che amici, anche se non lo avrebbero mai ammesso. "Dolcissime."

La seguì in camera da letto e si tolse il giubbotto per metterlo sulla sedia accanto alla porta. Poi si tolse le scarpe e sorrise mentre lei si appoggiava al letto a guardare ogni movimento di Mace.

"Hai visto qualcosa che ti piace?" le chiese, con le dita sull'orlo della propria maglietta.

Lei inclinò la testa come se lo studiasse. "Forse."

Lui sorrise e si sfilò la maglietta dalla testa. "Forse ti piacerebbe di più se ti fossi più vicino. Tipo, sopra di te mentre ti scopo fino a farti dimenticare il tuo nome."

"Adesso sei *tu* a dire parole dolcissime."

Mace non riuscì più a trattenersi. Doveva baciarla, toccarla. Si spogliarono, i corpi si univano mentre si inarcavano l'uno verso l'altra nel bacio. Permisero alle bocche di separarsi solo per prendere fiato o baciarsi e leccarsi a vicenda. Mace sapeva di doversi frenare, o le sarebbe venuto sulla pancia come un ragazzino.

Mace le leccò il petto, le prese un capezzolo in bocca e glielo succhiò mentre si rigirava l'altro tra le dita. La sentì, più che vederla: lei inclinò la testa all'indietro, i capelli le scivolarono lungo la schiena e gli sfiorarono le dita mentre la tratteneva per poterla succhiare meglio. Le mordicchiò la pelle, godendosi il modo in cui lei gli tremava tra le mani; poi passò all'altro seno, glielo leccò, glielo succhiò, glielo palpò. Subito i capezzoli le diventarono rossi come ciliegie e sensibilissimi, al punto che Adrienne cominciò a gemere quando lui ci soffiò sopra.

"Mace, non ce la faccio più."

Lui le baciò le labbra, aveva i capezzoli indolenziti di Adrienne premuti contro il petto. "Allora lascia che ti faccia venire."

"Anche io voglio farti venire." Gli prese le palle poi gli passò le dita lungo l'asta. Lui gemette e si allontanò, era sul punto di venire e le aveva solo succhiato le tette.

"Devo leccartela fra trenta secondi o torno alle tette e ti faccio contorcere."

Lei gli sorrise, Mace sapeva che stava per dirgli qualcosa di sconcio, probabilmente qualcosa che lui avrebbe assolutamente approvato. "Perché rinunciare a una delle due? Mi ti siedo sulla faccia mentre te lo succhio."

"Ti vengono le idee migliori, Addi." Mace sentì uno spasmo all'uccello e sollevò Addi per il sedere, per poi gettarla sul letto. Lei rimbalzò e rise. Mace non avrebbe mai pensato di divertirsi tanto durante il sesso. Certo, prima non l'aveva mai fatto con la migliore amica.

Mace si sdraiò di schiena e Addi si spostò per sedergli a cavalcioni delle spalle. La passera calda e bagnata era sospesa sulla faccia di Mace, lui non poté fare a meno di afferrarle il sedere per farla abbassare e leccarla.

Adrienne gemette e allargò le gambe per dargli maggiore accesso. Poi fu Mace a gemere quando lei lo prese tutto in bocca. Sbatté la punta dell'uccello contro la gola di Adrienne e lei mugolò, le vibrazioni gli arrivavano dritte alle palle. Rimase ferma per un attimo, muovendo solo la gola per stringergli l'uccello, Mace incrociò gli occhi prima che lei si tirasse indietro e lo lasciasse andare un rumore di risucchio.

"Finirò col venire in cinque minuti se continui a essere così brava."

Lei agitò i fianchi e lui le strinse più forte il sedere perché la smettesse. "Allora mettiti al lavoro e fammi venire, poi sarai talmente concentrato sul mio sapore che durerai un po' di più, vecchio."

Le schiaffeggiò con forza una natica prima di passarle la mano sul segno rosso per far passare il bruciore.

"Cattiva."

Adrienne si gettò i capelli sopra la spalla e gli fece l'occhiolino. "Quindi?" Poi ricominciò a succhiarlo e Mace gemette prima di dedicarsi di nuovo alla passera. La leccò e succhiò intorno all'apertura e usò un dito per giocare con il clitoride. Adrienne aveva un sapore delizioso: Mace era sicuro che, se non avesse prestato attenzione, avrebbe sviluppato una dipendenza. Continuò con quelle cure finché non sentì la fessura stringerglisi intorno alle dita e Adrienne gli venne in faccia. Era sul punto di venire anche lui, perciò dovette allontanarla e scivolare da sotto di lei, altrimenti avrebbe perso il controllo troppo in fretta.

L'attimo dopo, Mace l'aveva fatta sdraiare di schiena, le aveva sollevato una gamba all'altezza della testa e messo l'altra sotto di lui mentre le stuzzicava l'ingresso.

"Merda: il preservativo."

"Ne abbiamo già parlato: nessuno dei due ha malattie e io prendo la pillola. Adesso entra dentro di me o dovrò pensarci da sola. Di nuovo. Perché so come darmi un or..."

Adrienne non finì la frase perché lui le si infilò

dentro con tanta forza da battere i denti. Aspettò un attimo che lei si abituasse alle dimensioni e poi cominciò a spingere dentro di lei come se non ci fosse stato un domani. Lei sollevò i fianchi e gli andò incontro una spinta dopo l'altra, lo accarezzò ovunque come se non riuscisse a smettere di toccarlo.

Sapendo di essere di nuovo vicino al punto di non ritorno, Mace invertì le posizioni in modo che lei stesse sopra. Le strinse i seni e la guardò ondeggiare i fianchi, completamente seduta su di lui. Era assolutamente magnifica, Mace sapeva che non ne avrebbe mai avuto abbastanza di lei o di come veniva per lui. Non c'era niente di meglio del vederla prendere il controllo della propria sessualità e portarlo ogni volta all'orgasmo.

Mace allungò una mano e tirò Adrienne a sé per poterla baciare. Si ritrovarono subito a esplodere insieme, coperti di sudore e senza forze l'uno fra le braccia dell'altra. Adrienne lo aveva prosciugato. Anche se sapeva di doversi muovere e aiutarla a pulirsi, Mace non poteva fare a meno di sentire una certa maliziosa soddisfazione a vederla completamente sazia.

Era un bastardo.

Mace sapeva di dover tenere a freno l'immaginazione perché sapeva anche che non era una condizione permanente. Non avrebbero rovinato la loro amicizia, soprattutto con quel tipo di pensieri.

La tenne stretta, la aiutò a riprendere fiato e si ripromise che, al mattino, avrebbe messo la testa a posto. Non poteva, non voleva, farle del male, indipendentemente da quanto gli piacesse averla addosso.

Non poteva proprio.

CAPITOLO UNDICI

Livvy si lanciò contro le gambe di Adrienne, che dovette impegnarsi per non finire col sedere a terra per l'esuberanza della nipote.

"Sei qui!" urlò Livvy, che saltellò su e giù ancora aggrappata a lei.

Adrienne non poté trattenersi dal sorridere e si chinò per prendere in braccio la bimba di tre anni. "Ehi, piccolina. Certo che *sono* qui."

Baciò Livvy sulla guancia e la strinse a sé. Era innamoratissima della nipote e sapeva che sarebbe stata per sempre grata del fatto che Shep e Shea avessero deciso di trasferirsi a Colorado Springs. Per quanto Adrienne sapesse che il fratello stava bene a New Orleans ed era stato lì che aveva conosciuto Shea, avere tutta la famiglia in un'unica zona rendeva tutto migliore.

Livvy la baciò sulla guancia, poi sulla fronte e sul mento, prima di divincolarsi e correre da un altro adulto a elargire baci e abbracci. Quando aveva appena conosciuto i Montgomery, la bimba era stata timida, ma evidentemente non lo era più.

"Come ha annunciato Livvy, ce l'hai fatta," disse Katherine Montgomery mentre raggiungeva Adrienne. La madre era bellissima e non dimostrava la sua età. Dato che avevano lo stesso colore di capelli prima che l'altra avesse dovuto cominciare a tingere quelli bianchi, Adrienne sperò di somigliare alla madre quando sarebbe arrivata alla stessa età.

Adrienne affondò nell'abbraccio di Katherine e sospirò. "Sì. Mace e Ryan sono al negozio, così io e Shep possiamo passare il pomeriggio a fare i Montgomery, invece di stressarci."

La mamma le diede una pacca sulla guancia. "Non saresti una Montgomery se non ti stressassi."

Adrienne alzò gli occhi al cielo prima di cedere all'abbraccio della madre. "Ho imparato da te e papà, no?"

L'altra rise prima di andare ad aiutare Livvy che era dall'altro lato della stanza. I Montgomery cercavano di organizzare un pranzo di famiglia almeno una volta al mese. Con il ritorno di Shep, capitava più spesso e ad Adrienne non dispiaceva, anche se era difficile nascondere loro qualcosa, se necessario. Prima del matrimonio, c'erano state molte più riunioni, almeno per le donne della famiglia. Roxie non aveva voluto un ricevimento in grande, ma aveva avuto la piccola cerimonia intima che aveva sempre sognato. Per lo meno, così pensava Adrienne.

Roxie e Carter parlavano fra loro in un angolo. La coppia passava dal sorridersi ad aggrottare la fronte con frequenza tale che Adrienne non riusciva a immaginare di cosa potessero parlare. Ma notò come Carter scostava i capelli dal viso di Roxie e le sorrideva come se fosse l'unica persona al mondo che lui volesse guardare o con cui volesse stare. Era talmente innamorato di lei che Adrienne doveva trattenere le lacrime quando lo vedeva guardare Roxie. Sperava davvero che la coppia potesse passare decenni insieme a guardarsi con affetto. Le veniva quasi da chiedersi se lei sarebbe mai riuscita a trovare l'amore. Certo, Adrienne temeva di essere sul punto di innamorarsi proprio quando non doveva.

Thea era accanto a Shea e ridevano. Per un motivo o per l'altro, erano andate subito d'accordo ed erano diventate amiche. Anche se la migliore amica di Thea era Molly, la sorella di Adrienne aveva aperto le braccia a Shea senza fare una piega. Per qualche motivo, Adrienne aveva creduto che la cognata avrebbe fatto amicizia più facilmente con Roxie, dato che facevano lo stesso lavoro; ma, a livello di personalità, Thea e Shea avevano molto di più in comune oltre a un nome simile.

Il padre, William, e Shep erano alla griglia nonostante la neve che cominciava a cadere in quel pomeriggio freddo. Per quanto ogni donna presente, tranne Livvy, sapesse come usare la griglia, il padre di Adrienne aveva deciso che il patio fosse il suo regno. Aveva insegnato alle figlie come usare il barbecue per quando ne avrebbero avuto uno nelle loro case, ma lui era molto esigente riguardo a chi potesse toccare quelle fiamme sacre. Tuttavia, Adrienne aveva la sensazione che Carter si sarebbe presto unito a lui: William lo adorava come se fosse un altro figlio e probabilmente avrebbe aperto le braccia per permettergli di avvicinarsi alla preziosa, piccola griglia.

Dopo tutto, lo aveva lasciato avvicinare alla sua preziosa, piccola bambina.

Adrienne ridacchiò della propria battuta stupida e fu molto felice del fatto che non ci fosse Mace a vederla mentre faceva quell'orrendo gioco di parole, persino nella propria testa. Diamine, era felice che non ci fosse per molti motivi, in particolare perché così nessuno poteva vedere come lo guardava muoversi. Se Carter, Ryan e Shea erano riusciti a capire anche solo un po' di quello che c'era fra loro, la famiglia avrebbe capito in un lampo. Adrienne aveva la sensazione che l'unico motivo per cui non ci fossero ancora arrivati era perché erano tutti concentrati sulle proprie vite. Non avevano fatto attenzione agli affari di Adrienne al di fuori del negozio e lei ne era grata.

Le serviva tempo per capire esattamente cosa volesse quando si trattava di Mace. Dopo l'ultima volta in cui erano stati insieme e lei gli era crollata tra le braccia rapidamente e completamente, sapeva di non poter essere di nuovo la donna che era stata prima di toccarlo.

Mace aveva toccato parte dell'anima di Adrienne, l'aveva marchiata come propria anche se lei sapeva che poteva anche non essere permanente. La situazione era cambiata e nascondere quello che stava, che *stavano*, facendo sembrava sbagliato. Adrienne non voleva più nascondere la relazione, perché temeva che più tempo passava lì dov'era, peggio sarebbe stato per tutti quando la verità sarebbe venuta fuori. Poteva anche sembrare che lei si vergognasse di quello che provava per Mace, ma non poteva essere una bugia più grande. Aveva la sensazione di essersi innamorata di lui molto prima della prima volta in cui aveva sentito le sue labbra contro le proprie, Quello la spaventava moltissimo, perché era cambiato tutto e Adrienne non era sicura di riuscire a tornare al punto di partenza. Anzi, non era sicura che quel punto fosse mai davvero esistito.

"Sei qui tutta sola con quell'aria triste per un motivo in particolare?" le chiese Roxie, che si appoggiò a lei, mentre Adrienne cercava di fare del proprio meglio per tornare al presente. Non riusciva a credere di essere sprofondata di nuovo nei pensieri al punto da non notare che Carter si era ufficialmente spostato accanto al barbecue e la moglie era accanto a lei. Non era nemmeno sicura di sapere da quanto tempo la sorella la osservasse.

"Scusa, pensavo al lavoro," mentì e si maledì immediatamente.

"Devi diventare più brava a dire le bugie, se te lo chiede mamma, ma dato che siamo nel mezzo della mischia, lascerò correre... per ora. Che ne dici se ti prendo da bere? Te ne stavi senza niente in mano, contro il muro e a bocca aperta come un pesce palla."

Adrienne le diede un pizzicotto sul braccio, si godette lo strilletto, poi rise. Non le aveva fatto davvero male, dato che erano una famiglia e si volevano bene, ma certe volte la sorellina era una peste. Intelligente, ma pur sempre una peste.

"Grazie, mi farebbe piacere un bicchiere." O quattro, ma non voleva tenere il conto.

Seguì Roxie in cucina e andò al frigo per prendersi

qualcosa da bere. La madre aveva già aperto una bottiglia di vino, per cui se ne versò un bicchiere e riempì quello della sorella. Invece di tornare dagli altri, si appoggiarono ai mobili e si misero a parlare come quando erano più giovani e rubavano da mangiare mentre la mamma non guardava. Certo, Katherine lo aveva sempre saputo, così come aveva sempre saputo che si facevano le smorfie alle sue spalle. Il vecchio modo di dire secondo cui le madri avevano gli occhi anche dietro la testa si adattava perfettamente a Katherine Montgomery.

"Pronta per le dichiarazioni dei redditi?" chiese Adrienne. "Appena arrivano le vacanze, sarà il periodo più indaffarato dell'anno, per te." Di solito, in quel periodo, Adrienne non vedeva mai la sorella tranne che per qualche cena che la madre riusciva a organizzare a fatica. Solo l'idea di occuparsi della dichiarazione le metteva lo stomaco sottosopra e le dava il mal di testa. Non sapeva come la sorella e la cognata avessero finito col fare quel lavoro, ma buon per loro. Grazie a loro, persone come lei non dovevano leggere numeri e piangere ogni giorno.

"Prontissima. Carter ci è già passato, per cui per lo meno è preparato al fatto che per quattro mesi mi vedrà raramente. Ricordami di quello che ho detto tra un paio di mesi, quando sarò pronta a strapparmi i capelli perché la gente arriverà costantemente con scatole da scarpe piene di ricevute spiegazzate a dirmi 'buona fortuna'."

Adrienne fece una smorfia. "È successo solo una volta. Avevo avuto un anno difficile e facevo turni più lunghi dei tuoi per pagare l'affitto. Adesso è tutto diviso per colore per renderti la vita più facile."

"Assolutamente sì. Non posso lasciare che qualcun altro in ufficio mi veda arrivare con una scatola da scarpe. Un orrore, Adrienne. Un orrore." Le fece l'occhiolino e Adrienne alzò gli occhi al cielo.

"Smettila, non era così male. So che hai visto di peggio."

"Vero, ma dato che sei mia sorella posso tormentarti un po'. Era nel contratto quando siamo nate."

"Sei un'idiota."

"Ragazze, fate le brave. Di là c'è Livvy e non voglio che senta qualcosa che poi ripeterà. Siate dei modelli per la bambina."

"Scusa mamma," dissero all'unisono, poi si guardarono, con sorrisi che minacciavano di allargarsi sul viso. Era come se avessero di nuovo dieci anni e fossero nei guai perché impennavano in bici con i figli dei Thompson della porta accanto. A quei ragazzini non era mai piaciuto il fatto che Adrienne e le sorelle fossero più brave di loro ad andare in bicicletta, lei era addirittura una scavezzacollo. La madre non era stata felice, ma Shep aveva sempre insegnato alle ragazze tutto quello che sapeva, così potevano fare il culo ai figli dei Thompson.

"Ecco." Katherine sorrise e non le sgridò come quando erano ragazzine e si mettevano nei guai. "Uscite sul patio e rilassatevi per un po'. Papà ha acceso il riscaldamento prima che arrivaste, c'è un bel calduccio. Non fatemi sprecare l'elettricità." Fece l'occhiolino prima di tornare in salotto, dove probabilmente avrebbe giocato con la nipotina.

Sia Adrienne che Roxie si erano immobilizzate quando la madre era spuntata dal nulla per sgridarle, ma poi si rilassarono quando se ne andò. Dopo un po', erano sul patio coperto con il riscaldamento acceso e si rilassavano, come aveva ordinato la madre con la sua onniscienza.

Quella donna aveva delle serie doti ninja quando si trattava di scoprirle in attività proibite, il che aveva reso difficile l'adolescenza in casa Montgomery. Shep aveva avuto fortuna perché era già abbastanza grande quando erano nate loro e gli era andata liscia; ma quando le ragazze avevano raggiunto l'adolescenza, i genitori erano già allenati e pronti virtualmente a tutto. Inutile dire che Adrienne non si era veramente ribellata finché non era uscita di casa e si era seppellita nell'arte.

Mace, per fortuna, aveva voluto ribellarsi con lei quando si erano conosciuti, così era riuscita a capire che tipo di alcol potesse permettersi di bere e quale la facesse ballare sul tavolo con solo un bicchiere. La gente aveva sempre pensato che fosse la tequila, ma lei sapeva qual era la risposta giusta: era la vodka la bevanda del diavolo. Mace era stato presente anche per la prima e unica sigaretta di Adrienne. Evidentemente, non era destinata a essere una fumatrice e ne era felice. Quell'unico tiro le aveva fatto prudere gli occhi, che le erano rimasti rossi per una settimana. Al solo pensiero, le veniva da tossire.

Mace le era sempre stato accanto.

"Perché sorridi?" le chiese Thea, che uscì sul patio con in mano il bicchiere di vino appena riempito. "Stai pensando a quel tuo ragazzo, vero?"

Adrienne si immobilizzò. Non si era resa conto di sorridere mentre pensava a Mace. "Ehm, che cosa?"

Roxie inclinò la testa e studiò il viso della sorella. "Sai, quello *è* un sorriso per un uomo. L'ho già visto quando eravamo al Pennelli&Bicchieri e non riuscivi a mantenere più quel segreto. Allora, chi è? So che hai detto che non lo conosciamo, ma ce l'ha un nome?"

"Che lavoro fa?" chiese Thea, che si sedette accanto a Roxie sul dondolo e si inserì nella conversazione. Adrienne era seduta accanto a loro su una sedia, il piede calzato nello stivale appoggiato all'ottomana da giardino.

"È bravo a letto?" aggiunse Roxie.

"Quanto ce l'ha grosso?"

Adrienne alzò le mani e rise della domanda di Thea. "Oh santo cielo, smettetela, tutte e due. Sembra di essere tornate alle superiori, quando non vedevate l'ora di sapere che ne pensassi del nuovo studente."

Thea sorrise e bevve un sorso di vino. "Non ricordo di averti chiesto delle dimensioni alle superiori, dato che non eravamo tutte... maturate, all'epoca."

Adrienne le fece il dito medio. "Ho fatto sesso *una volta* alle superiori, stronza. Non lo farò mai più sul sedile posteriore di una Toyota Corolla." Rabbrividì. "Mai. Più."

"Allora, questo tuo nuovo uomo ha una macchina migliore?" chiese Roxie. "Forse ha un miglior... cambio manuale?" Le sorelle si guardarono e scoppiarono a ridere, mentre Adrienne scuoteva la testa.

Sapeva di aver già mentito loro una volta e, siccome sembrava che molti degli amici sapessero già di lei e Mace (per lo meno le basi, dato che nemmeno lei sapeva quello che stava succedendo), doveva essere onesta con le sorelle.

"Ehm, non sono stata proprio sincera... è Mace." Chiuse la bocca di scatto appena le sfuggì il nome e sperò di non aver commesso un errore. Era una speranza che aveva avuto spesso, di recente.

Le altre due smisero di ridere e la fissarono. Roxie aprì e chiuse la bocca come un pesce mentre cercava di pensare a cosa dire; a Thea brillavano gli occhi.

La sorella di mezzo le puntò contro il dito e squittì. "Lo sapevo! Cazzo, lo sapevo!"

Roxie saltellò sul dondolo, costringendo Thea ad aggrapparsi per non cadere, ma a nessuna delle due sembrava importare. "Mace? Il tuo Mace? È davvero il *tuo* Mace, adesso, eh?"

"Prima di arrivare alla domanda scottante del secolo quando si tratta di te e Mace," cominciò Thea, con gli occhi che luccicavano, "devi rispondere alle domande che ti abbiamo già fatto."

"È bravo a letto?" ripeté Roxie.

"Ce l'ha grosso?" sorrise Thea. "Sappiamo già che lavoro fa e come si chiama, quindi passiamo al sodo. Cioè, deve essere bravo, no?"

Roxie si strinse le mani davanti al petto e imitò lo svenimento di un'eroina ottocentesca. "Certo che lo è. È *Mace*."

"Ma tu non sei sposata?" chiese secca Adrienne. "Con il deliziosamente sexy e altamente scopabile Carter?"

Roxie si leccò le labbra come un gatto che aveva

trovato il canarino. "Oh sì, sono sposata con quell'uomo molto sexy con cui ho giocato a *Posso, signore?* prima di venire qui, ma non stiamo parlando di me e Carter, adesso, no?"

Posso, signore?

Cosa diamine facevano a letto Roxie e Carter? No, non voleva saperlo. Non voleva nemmeno cominciare a pensare a un gioco del genere, a parte per la possibilità di chiedere a Mace se avesse voglia di giocare. Forse lo avrebbero chiamato *Posso, signora?*

"Ok, quello è un altro sorriso, ma questa volta non credo di voler sapere esattamente a cosa stai pensando." Thea scosse la testa. "Tra tutte e due voi, mi sento un po' spenta nell'uso delle mie parti femminili, ma ciò potrebbe cambiare con l'anno nuovo. Certo, l'ho detto anche l'anno scorso e non è successo nulla perché ero concentrata sulla pasticceria, non ho tempo per pensare all'uccello grosso di qualcuno che viene a farmi venire."

Adrienne rise e le andò il vino nel naso. Tossì e cercò di non far sciogliere il trucco piangendo. "Non riesco a credere che tu lo abbia detto. Quanto hai bevuto?"

Anche Roxie stava soffocando, ma Thea sollevò il bicchiere per un brindisi. "Non posso essere sempre quella dolce e materna. Certe volte, a una donna serve un po' di ca... ma basta parlare di me: Adrienne carissima, non hai risposto. Certo, appena lo farai avrò altri venti domande per te. Cominciamo, perché prima o poi arriveranno mamma o uno degli uomini e dovremo smettere di parlarne. Oh cielo, Shep lo sa? Lavora con voi, deve saperlo. Se non ha detto niente finora, non ne sarò felice."

Adrienne alzò le mani e fermò Thea prima che continuasse a straparlare. "Shep non lo sa. Se dici di nuovo che ti 'serve un po' di ca...' potrei cadere dalla sedia e non riprendermi più. Ma sto divagando. Shea lo ha capito, e anche Ryan, forse persino Landon." Guardò Roxie. "Lo ha capito anche Carter, ma Mace gli ha fatto giurare di mantenere il segreto. Ha detto che, se tu glielo chiedi direttamente, non ti mentirebbe, come ha detto Shea riguardo a Shep. Non prendertela con lui perché non te ne ha parlato. Se devi arrabbiarti, fallo con me, ma per favore non ti incavolare perché, seriamente... stavamo solo cercando di tenerlo per noi il più a lungo possibile. Adesso che abbiamo vuotato il sacco, non so che cosa succederà."

Roxie aggrottò la fronte, ma per un attimo non disse nulla. Thea le guardava con aria contemplativa.

"Sgriderò per scherzo Carter più tardi perché ha osato mantenere un segreto così succoso. Adesso, passiamo al fatto che non sai cosa succederà. Devo anche sapere qualcosa sul suo uccello, perché lo abbiamo nominato cinque volte e non hai risposto. Quindi, o è molto triste e lui sa come usare la bocca, perché non staresti con lui rischiando la vostra amicizia; oppure è talmente grande che non vuoi farci sentire invidiose. Soprattutto la nostra cara sorellina, che si sente un po' trascurata nelle parti basse."

Adrienne si passò una mano sul viso. "Perché continuiamo a usare espressioni come 'parti basse' e 'parti femminili'? Questa conversazione mi disturba."

"Rispondi," ordinò Thea. "Vogliamo bene a Mace e ho sempre pensato che fosse come un altro fratello Montgomery ma, evidentemente, non è quello a cui pensavi tu. A meno che non fosse lo stesso anche per te, ma questa è una parte della conversazione a cui non ho voglia di partecipare."

Roxie ridacchiò e si appoggiò a Thea, Adrienne pensò che avessero girato abbastanza intorno all'argomento e che dovesse andare avanti.

"Primo, dato che so che non me la farete passare liscia se non ve lo dico, vi rispondo." Fu Adrienne a sorridere come il gatto che aveva mangiato il canarino. "È fantastico. A mani basse, il miglior sesso della mia vita. Il voi-sapete-cosa più grosso che abbia mai visto. Non scenderò nei dettagli con le misure perché, innanzitutto, è mio e voglio tenermelo per me. Secondo, merita almeno un po' di privacy, anche se probabilmente avrebbe dovuto rendersi conto che non ne avrebbe avuta quando è diventato mio amico."

Le sorelle batterono le mani e lei alzò gli occhi al cielo. Certe volte, era bello comportarsi come se non si fosse adulti, con bollette da pagare e liste infinite da controllare.

"Ti rende felice?" chiese Roxie. "Perché questo è l'importante."

Adrienne annuì lentamente e rifletté sulla risposta. "Con tutto quello che sta succedendo adesso al negozio e col fatto che qualcuno voglia farci chiudere per fare quello che cavolo vogliono, Mace è l'unica ragione che mi fa sorridere."

Roxie sospirò felice, ma Thea non reagì, come se avesse saputo che Adrienne non aveva finito. Roxie era sempre stata la sognatrice e, anche se alcuni aspetti erano cambiati da quando aveva sposato Carter un anno prima, quella parte di lei restava, anche se un po' smorzata.

Adrienne raccontò della prima notte con Mace, di quelle successive e di come la faceva sentire. Non poté fare a meno di ridere quando le altre due si sventolarono. Nonostante Adrienne non fosse scesa troppo nei dettagli, loro erano riuscite a immaginare il resto.

"Il fatto è che mi faceva sorridere prima che

cambiassimo tutto. Vi voglio bene e voglio bene a Shep, ma amo anche avere legami al di fuori della famiglia. So che è lo stesso per te e Molly, Thea. L'idea di poter avere degli amici che sembrano fratelli al di fuori dell'unità fantastica e affettuosa che abbiamo già, mi fa sentire più completa. Non me ne ero accorta, non finché non ho notato che Mace doveva appoggiarsi a me, oltre che alla famiglia, quando la ex gli ha scaricato Daisy."

Aggrottò la fronte per mettere in ordine i pensieri.

"Ma adesso è tutto diverso, anche se non lo è. Pensavamo di essere stati furbi a parlare di ogni passo mentre mi ritrovavo fra le sue braccia e non volevo allontanarmi, ma non credo ci sia un modo di discutere esattamente di quello che proviamo finché non sappiamo cos'è. E ancora non so se lo *so*. È tutto confuso, eccitante, esilarante... e mi ritrovo a provare questi sentimenti nuovi e a divertirmi con il mio migliore amico in modi che non immaginavo prima."

"Lo ami?" le chiese dolcemente Thea.

Adrienne incrociò lo sguardo delle sorelle e annuì con spavento. "Gli volevo bene prima di pensare che stavo commettendo il peggior errore possibile. Quell'amore era come una base per quello che sto provando adesso e l'idea mi impaurisce. Mi sono concentrata sul lavoro e sulla mia arte per talmente tanto tempo che ho messo da parte l'idea di poter stare con un'altra persona. Dopo tutto quello che gli è successo dal concepimento e la nascita di Daisy e dopo tutti i problemi legali successivi con la ex che sono diventati anche di più, non so cosa voglia lui da quello che abbiamo. Ci siamo impegnati tanto per non farci del male che ho davvero paura di cosa succederà se e quando decideremo che non ne vale più la pena. Non sono la stessa persona che ero un mese fa e credo di essere cambiata in meglio, ma ho davvero paura che lui non si innamorerà di me come io mi sto innamorando di lui."

Si asciugò una lacrima di cui non si era accorta.

"È il tuo migliore amico e non credo che questo cambierà." Thea parlò lentamente, come se stesse pensando a cosa dire. "Ma penso che, se ti stai davvero innamorando come crediamo tutti, allora devi decidere che strada prendere. Non dico di mettere a nudo te stessa e i tuoi sentimenti, non ancora, non se non vuoi. Ma forse devi fare in modo che sia più che qualche notte bollente ogni volta che potete. So che dovete considerare anche la bambina, ma è già parte della tua vita e tu della sua. Se è davvero questo quello che vuoi, farai in modo che succeda. Non c'è mai stato niente nella tua vita che tu non sia riuscita ad afferrare, perché ti butti a capofitto in tutto. Ho sempre ammirato questo in te e ti voglio davvero tanto bene, per cui, se ti stai innamorando di lui, fai il passo successivo."

La madre le chiamò a tavola prima che potessero aggiungere altro, per cui Adrienne abbracciò le sorelle e andò in casa a godersi un pranzo in famiglia con le persone che la capivano. Quando tornò a casa, prese il telefono e fece il passo successivo.

Addi: *Credo che dovremmo uscire insieme.*

Inspirò e sperò di non aver commesso un errore.

Mace: *Va bene domani?*

Adrienne si morse il labbro e cercò di non sorridere come un'idiota mentre era in cucina. Sembrava che il giorno dopo sarebbe uscita per il primo vero appuntamento con il migliore amico e non poté fare a meno di ballare, con l'entusiasmo che rivaleggiava con il nervosismo.

Le sorelle avevano ragione: se lo amava abbastanza da cercare di far funzionare la relazione, doveva compiere quel passo, correre quel rischio. L'indomani, quando sarebbe uscita con Mace in quello che era un vero appuntamento e non una cena fra amici, ci avrebbe messo tutta se stessa.

Perché lei si comportava così, anche quando aveva paura del futuro.

CAPITOLO DODICI

Era un passo enorme, o almeno così sembrava a Mace. Si passò una mano fra i capelli e si chiese se fosse consapevole delle proprie azioni. Tenuto conto del fatto che, per gli ultimi due mesi, aveva brancolato nel buio per capire come muoversi, aveva la sensazione che non sarebbe andata meglio che negli altri casi.

Beh, pensarla così era da stupidi. Certo, continuava a buttarsi in maniera un po' confusa e restava sempre un po' indietro, ma non aveva ancora rovinato nulla. Si spaccava la schiena alla MIT e ogni settimana guadagnava nuovi clienti. Sì, arrivava meno gente senza appuntamento da quando si era sparsa la voce delle accuse di spaccio e dei problemi igienici; ma una volta che fossero riusciti a capire chi voleva far chiudere il negozio, sarebbero riusciti a farne crescere di nuovo la reputazione. Per cui, anche se era fastidioso e preoccupante il fatto che gli affari fossero calati tra i graffiti e il resto, Mace sapeva che erano più forti di chi ce l'aveva con loro. La squadra era più che talentuosa e avevano sia i Montgomery che le reputazioni personali a sostenerli. Chiunque credesse di avere il diritto di ferirli poteva andarsene al diavolo.

Per quel che riguardava la figlia, la parte più importante della sua vita, Mace sentiva di aver trovato una base per tirar su Daisy da solo. Non era facile trovare l'equilibrio tra essere un buon padre e assicurarsi che Daisy avesse contatti giornalieri con la madre. Una piccola parte di lui voleva tagliare per sempre Jeaniene dalla propria vita, non solo per come si era comportata con lui in passato, ma anche per come si stava comportando con la figlia. Daisy era ancora troppo piccola per capire quello che stava succedendo, ma *era* abbastanza grande da sapere che c'era qualcosa di diverso e non come avrebbe dovuto essere.

Mace stava ancora aspettando i documenti e le decisioni finali riguardo a quello che sarebbe successo in futuro per i diritti su Daisy: il non sapere gli serrava lo stomaco al punto che era quasi sicuro di dover comprare una fornitura di antiacidi.

Mentre intorno a lui c'erano preoccupazioni legali in quantità industriali, doveva mettere tutto da parte e concentrarsi su quello che era meglio per la figlia. Avevano trovato un ritmo e sembrava funzionare. Dato che poteva andare al lavoro più tardi, visto che il negozio non apriva al mattino presto, Mace riusciva a svegliarsi ogni giorno con la bimba e prepararla per l'asilo. Poi l'accompagnava a piedi, prima di tornare a casa e vedere se lui e Adrienne sarebbero andati al lavoro insieme. I genitori andavano a prendere Daisy a turno all'uscita di scuola, felici di avere finalmente più tempo con la nipotina.

Anche se Mace ne era leggermente preoccupato, era cambiato anche il ruolo di Adrienne nella vita di Daisy. La bambina si era legata presto all'altra donna, anche prima del cambiamento nella *loro* di relazione. La migliore amica di Mace continuava ad andare a casa sua come prima, il che significava che vedeva Daisy molto più spesso; la bambina si assicurava anche di salutarla sempre quando sapeva che il padre stava scrivendo a Adrienne. Mace sapeva che la donna stava facendo del proprio meglio per far sì che Daisy non la vedesse in una luce diversa e, per questo, lui le era grato. Cambiare la loro relazione come coppia e cambiare il modo in cui la bambina vedeva Adrienne erano due discorsi diversi.

Per quel motivo, Mace aveva la sensazione di poter vincere il premio per i pensieri più contorti del giorno.

La sorella Violet sarebbe arrivata presto per badare a Daisy, così lui e Adrienne sarebbero potuti uscire per il primo appuntamento ufficiale. Ancora non riusciva a credere che non fossero mai usciti insieme. Sì, avevano mangiato insieme e, tra il lavoro e il sesso, si vedevano tutti i giorni, ma non era effettivamente stato l'uomo che pensava di essere e non era uscito con lei. Quella sera avrebbero rimediato. Il fatto che fosse stata lei a chiedergli un appuntamento e non il contrario non gli era sfuggito. Era stato il fatto che Adrienne aveva detto di non fare sesso da un anno e che trovava Mace attraente che li aveva fatti andare a letto insieme. Anche se era stato lui a ripetere che non voleva rischiare la loro amicizia, era stata lei ad affermare che dovevano pensare ai dettagli e a quello che volevano l'uno dall'altra.

Mace non l'aveva trattata come doveva e sapeva di dover rimediare. Adrienne meritava di meglio che del sesso bollente in notti solitarie o in un deposito quando credevano che nessuno li vedesse. Dato che tutti avevano capito in cosa fossero intenti, dipendeva da loro se avrebbe funzionato o se sarebbero dovuti tornare a quello che erano prima per non rovinare tutto.

Quella sera sarebbe stato l'uomo che avrebbe sempre dovuto essere e l'avrebbe trattata come la donna che era: una donna che meritava di essere adorata e coccolata. Certo, voleva anche scoparsela fino a farle dimenticare come si chiamasse, ma il fatto era che Mace sapeva che lo voleva anche Adrienne. Era persino interessato a quella roba del *Posso signore* o *signora* a cui sembrava aver accennato una delle sorelle di Adrienne. Nel giocarci, però, si sarebbe impegnati al massimo per non pensare a Roxie e Carter e quello che combinavano in camera da letto.

Daisy arrivò nella stanza del padre mentre lui finiva di abbottonarsi la camicia. Non avrebbe messo la cravatta o la giacca, dato che non sarebbero andati in un posto ricercato, ma voleva comunque farsi vedere con qualcosa di più elegante della solita maglietta stazzonata e dei jeans bucati.

"Che c'è, piccola?" chiese alla bambina e si voltò verso di lei.

"Tu e zia Adrienne uscite a cena?" gli chiese Daisy. Le aveva spiegato che lui e Addi sarebbero andati a cena insieme, ma non era sceso troppo nei dettagli, dato che non era pronto a dire alla bambina che lui e Adrienne stavano insieme.

Perché *stavano* insieme. Non avrebbe più parlato fra i denti, anche se così si sentiva di nuovo adolescente.

"Già. Tra una ventina di minuti dovrebbe arrivare zia Violet, e poi io e Addi usciamo. Per te va bene?"

Non voleva essere uno di quei genitori che lasciava comandare i figli, ma non voleva nemmeno cambiare tutto troppo in fretta quando la piccola aveva appena trovato qualche punto di appoggio.

Daisy annuì con espressione solenne. "Zia Sienna ha detto che anche ai papà serve tempo con le donne che gli piacciono. A te piace zia Addi?"

Mace avrebbe ucciso Sienna. Sì, probabilmente era finita in una brutta situazione quando Daisy le aveva chiesto se lui uscisse con Addi, ma avrebbe gradito un po' di preavviso.

"Sì." Si inginocchiò davanti a Daisy e le poggiò il dito sul naso per farla ridere. "È la mia migliore amica."

"Come Sarah è la mia migliore amica a scuola? Ma è una femmina come zia Addi." Mace aveva notato che Daisy aveva cominciato a chiamarla più spesso Addi invece di Adrienne e, anche se avrebbe dovuto stare più attento, gli piaceva.

"Sì, esatto. Puoi avere anche migliori amici maschi." Non voleva essere uno di quei padri sessisti idioti, ma non era impaziente di vederla crescere e attraversare la fase delle prime cotte, con persone di *qualsiasi* genere.

"Lo so. Anche Roland è mio amico, ma non il mio migliore amico. Ma adesso sto qui e anche lui vive qui, quindi può essere il mio migliore amico. Non lo so. Devo vedere."

Mace trattenne un sorriso a quelle parole, prima di allargare le braccia per farsi stringere. Daisy gli gettò le braccine al collo e lo strinse forte, poi lui si alzò per portarla in braccio in salotto. In quel momento si accorse della chiamata persa di Violet, dato che non ricordava di aver lasciato il telefono nell'altra stanza.

Gli aveva lasciato un messaggio ma, quando lo ascoltò, sentì solo un brusio. Preoccupato, le telefonò e rimase sollevato quando lei rispose al secondo squillo.

"Mi dispiace. Hai ricevuto il messaggio?" Parlava velocemente e, per fortuna, senza interferenze.

"Sì, ma non si sentiva niente. Che c'è? Stai arrivando?" A quel punto doveva essere per strada, se voleva arrivare in orario, ma il fatto che gli avesse telefonato gli fece venire un brutto presentimento.

"Cavolo, sapevo che il mio telefono aveva un problema. Devo procurarmene uno nuovo. Comunque, ero a metà strada quando c'è stato un problema al lavoro e sono dovuta tornare indietro. Ho provato a chiamarti, ma non rispondevi. Poi ho chiamato mamma e papà, ma sono usciti e sono a un'ora da lì; buon per loro ma è un problema. Poi ho chiamato Sienna, ma non ha risposto. Mi ha scritto che è finalmente uscita con un tizio, ma che avrebbe rimandato per venire a stare con Daisy. se ne hai bisogno. Non sapevo cosa dirle e sta aspettando la mia telefonata. Beh, in realtà un messaggio, visto che ha detto di non chiamarla, così puoi immaginare che razza di appuntamento sia."

Mace si strinse la radice del naso. Quando Violet andava in ansia iniziava a straparlare, ma il fatto che avesse reagito così dopo avergli telefonato solo una volta senza pensare a chiamarlo a casa significava che era davvero dispiaciuta perché non riusciva a venire a fare da babysitter a Daisy.

"Va tutto bene. Troverò una soluzione. Grazie per averci provato e diamine, grazie per aver cercato di farmi uscire stasera."

"Mi dispiace *davvero*. Ma, ovviamente, ho fatto del mio meglio per te. Devi uscire con *Adrienne*. È maledettamente importante."

Mace scosse la testa, felice che lei non potesse vederlo sorridere. "È solo una cena. Smettila di dare di matto."

"Darò di matto, se voglio. Ora devo andare, ma sappi che mi dispiace. Abbraccia tua figlia, perché sono triste per il nostro pigiama party!"

Si salutarono e lui riagganciò, per poi chiedersi come procedere, ma suonarono al campanello e si rese conto di non avere più tempo. Adrienne aveva detto che sarebbe passata a prenderlo, dato che era stata lei a proporre di uscire; visto che a Mace piaceva farla sorridere, aveva accettato.

Era arrivata e lui avrebbe dovuto cancellare la cena oppure trovare un modo per farla funzionare con una bambina iperattiva di quattro anni.

Niente stava andando come previsto.

Quando Mace aprì la porta, però, si ammutolì e non riuscì a dire niente davanti ad Addi con le calze e un vestito nero aderente sotto a un cappotto bianco. Più tardi le avrebbe chiesto come avesse fatto a non scivolare sul ghiaccio quelle scarpe.

"Ehi," disse lei, con i denti che le battevano. "Non avevo pensato a quanta pelle sia scoperta con le calze sottili."

Mace la fece entrare e le baciò la tempia, per poi chiudere la porta in modo da non far uscire tutto il calore. "Sei... beh... appena mi vengono le parole per descrivere adeguatamente come stai, te lo faccio sapere."

Adrienne si illuminò ma non si tolse il cappotto. Mace non era sicuro se avrebbe dovuto farlo per lei, dato che stava ancora cercando di programmare le parti successive della serata, che era ormai andata alle ortiche.

"Beh, è il modo migliore di dire ciao."

"C'è un piccolo cambio di programma," disse e fece una smorfia.

Daisy corse da Adrienne in quel momento e le si lanciò contro le gambe. Addi quasi cadde dai tacchi ma lui la strinse forte, sembravano un bel terzetto.

"Fai attenzione, Daisy," la sgridò Mace.

Addi si limitò a ridere. "Sei come mia nipote Livvy. Ieri a casa dei miei mi ha quasi fatta cadere."

"Livvy ha tre anni, vero? È più piccola di me, ma non di tanto." Daisy la guardò con gli occhi che brillavano e qualcosa cambiò in Mace. Non era sicuro di cosa, o se sarebbe mai stato in grado di darle un nome, ma sapeva di doverci fare attenzione.

"Sì. È un po' più piccola di te." Adrienne guardò rapidamente Mace prima di rivolgersi di nuovo a Daisy. "Forse un giorno vi presento, credo che andreste d'accordo."

"Possiamo, papà? Posso conoscere Livvy?"

Addi fece una smorfia, ma Mace annuì. "Certo. Vedremo di farlo succedere." Si chinò e baciò la tempia di Addi. mentre Daisy faceva le piroette in salotto per l'entusiasmo. Poi sussurrò nell'orecchio di Adrienne. "Smettila di stressarti. Sei parte della mia vita e di quella di Daisy, anche se siamo solo amici. Ok?"

Adrienne rilassò visibilmente le spalle e Mace detestò l'idea di averla fatta sentire in quel modo.

Stavano entrambi su quella linea sottile e avrebbero trovato il modo di attraversarla.

"Però ho brutte notizie," continuò. "Daisy, tesoro, vieni qui e smettila di girare su te stessa, sembri un tornado."

Lei batté le palpebre, inciampò e poi saltellò da loro. "Il tornado Daisy?"

Addie rise e passò una mano fra i capelli della bambina. "Il tornado Daisy sembra un cartone animato."

"Sarebbe il mio preferito," disse Daisy con onestà e gli adulti risero con lei.

"Come dicevo, ho brutte notizie." Mace si schiarì la gola e le due lo guardarono. "Violet è dovuta tornare al lavoro e il resto della famiglia è fuori. Il che significa che il nostro appuntamento sarà un po' diverso. Non annullato, ma diverso."

Addi sembrò delusa per una frazione di secondo prima di sorridere. "Mi stai dicendo che ceneremo con questo raviolino?" Strinse Daisy e la bambina rise.

"Non sono un raviolo!"

"Sei morbida e adorabile come un raviolo," la prese in giro Addi. "E io li *amo*. Allora, che avevi in mente, Mace?"

Mace guardò il vestito maledettamente sexy di Adrienne e si passò una mano fra i capelli, col desiderio di riuscire ad avere l'appuntamento che volevano, ma pensò che dovessero adattarsi a quello che c'era.

"Ordiniamo la cena?"

Addi alzò gli occhi al cielo. "Mmh, non credo proprio. Credo tu abbia un po' di prosciutto, pancetta, parmigiano e gli ingredienti per un fantastico sugo rosso in frigo. Giusto?"

"Beh, certo, sono italiano per un quarto, il che significa che ogni tanto fingo di conoscere quello che cucino."

"Ok, allora. Che ne dici se lavoriamo insieme e prepariamo una bella cenetta? Daisy, tu hai già mangiato?"

La bambina annuì. "Ma mi piace l'altro bacon." Non riusciva a dire bene prosciutto o pancetta, quindi avevano cominciato a chiamarli *altro bacon*.

"Forse ti lasciamo qualche boccone," disse Mace, che prese in braccio la bambina e poi la mise a testa in giù. Lei rise e si dimenò, costringendo il padre a stringerla più forte per non farla cadere. Addi rise con loro prima di togliersi le scarpe e il cappotto. Prese una stola con i buchi per le braccia da una delle tasche e se la mise sopra il vestito incredibilmente sensuale. Beh, Mace avrebbe rimpianto per sempre di non poterla vedere girare con quel vestito, ma era felice che lei sembrasse un po' più a suo agio in casa.

Mise giù la bambina, Adrienne le prese la mano e li portò entrambi a preparare la cena. Si ritrovarono presto a ridere fino alle lacrime, a mangiare cibo buonissimo e a far partire il film per bambini finché Daisy non si addormentò.

Quando Mace incrociò lo sguardo di Addi, capì che, anche se il loro appuntamento non era stato esattamente quello che volevano, forse era stato proprio quello di cui avevano bisogno. Mace però non sapeva che significasse. Sapeva solo che avere Adrienne nella propria vita significava averla in tutti gli aspetti. Se per qualche motivo non fossero riusciti a far funzionare il rapporto o avessero deciso che le insidie erano troppe, Mace sperò solo che di non finire col far del male ad Adrienne e Daisy. La bambina ne aveva già passate abbastanza e, anche se lui voleva mettere al primo posto la relazione con Adrienne, sapeva di non poterselo permettere. Ma, dato che era Adrienne, Mace sapeva che avrebbe capito... che *capiva*.

Sperò davvero di avere le idee chiare anche lui.

CAPITOLO TREDICI

Adrienne voleva davvero darsi una mossa e andare al lavoro, ma aveva la sensazione che non ci sarebbe riuscita, per via del mal di testa che era cominciato quando era ancora a casa. Aveva già dovuto occuparsi del lavandino gocciolante, del tritarifiuti bloccato ed era sicura di essersi quasi rotta il mignolo del piede contro il bordo del letto. Sapevano tutti che non c'era niente che facesse più male che sbattere il mignolo. Aveva schiodato tutti i santi dal calendario ed era andato tutto peggio.

Era in ritardo di venti minuti e si era dovuta cambiare perché si era rovesciata addosso il caffè. Per fortuna era freddo perché era stata talmente occupata con i problemi in casa che non era riuscita a berlo caldo. Piccoli miracoli e roba del genere.

Aveva dovuto scrivere a Mace per dirgli di avviarsi al lavoro senza di lei, così almeno uno dei due sarebbe stato in orario. Shep aveva aperto il negozio, ma non poteva sbrigare tutto da solo quando loro avevano degli appuntamenti in agenda. Ryan aveva il giorno libero, ma aveva detto che sarebbe venuto comunque per dei disegni che non poteva completare a casa. Adrienne non aveva fatto domande e, onestamente, sarebbe stata felice della sua presenza. C'era molta più energia, quando al negozio c'erano tutti e quattro.

Tuttavia, ciò significava dover essere di umore migliore prima di arrivare al lavoro, perché non solo aveva tre appuntamenti per dei tatuaggi, ma avrebbe cominciato con un piercing al naso. Aveva la giornata piena e sperava di poter gestire tutto.

Doveva farsi coraggio, perciò si cambiò la maglietta, ruotò le spalle e si disse che era adulta e poteva farcela, indipendentemente dal dolore al mignolo.

Inoltre, doveva fare anche del proprio meglio per non pensare alla direzione che stava prendendo la relazione con Mace, altrimenti il mal di testa non le sarebbe passato e non aveva davvero tempo. Non se ne stava solo innamorando, era pazza di lui. Con il modo in cui l'aveva avvertita del non-appuntamento e in cui l'aveva inclusa nella serata con Daisy, Adrienne aveva la sensazione che la situazione fosse cambiata di nuovo. Anche se era ancora nervosa, lo era in modo entusiasta.

Ma avrebbe dovuto allontanare quei pensieri e rimboccarsi le maniche. Era un'adulta, aveva un'attività e doveva andare al lavoro. Odiava essere in ritardo ma, certe volte, la vita aveva altri piani.

Raggiunse la MIT e lasciò l'auto nel parcheggio accanto al pick-up di Mace. Le si rizzarono i peli sulla nuca e guardò fuori dal finestrino, con un sussulto.

Shep e Mace erano fuori dal negozio con le mani sui fianchi e fissavano la facciata.

Qualcuno aveva fatto a pezzi l'insegna della Montgomery Ink Too.

Le fece male il cuore e le tremavano le mani mentre guardava la manifestazione fisica di come qualcuno aveva sempre cercato di danneggiare l'attività, una seconda casa, un pezzo di cuore: mandandola in frantumi.

Metodicamente, un pezzo per volta, qualcuno stava cercando di distruggere quello in cui Adrienne aveva riversato tantissimo della propria vita, energia, soldi e anima. Qualcuno aveva scritto delle parole cariche d'odio dove tutti potessero vederle, senza badare al fatto che dei bambini avrebbero potuto leggerle e dei genitori sarebbero stati costretti a delle conversazioni a cui potevano non essere pronti. Non si era trattato solo di imprecazioni, erano state parole orribili, orrende, che nessuna donna avrebbe dovuto vedere. E poi... i genitori avrebbero sempre associato quelle conversazioni al negozio di Adrienne, che non poteva nemmeno farne loro una colpa.

Si trovavano in una comunità rispettabile, incentrata sulla famiglia. Tra le nuove voci sulle droghe e la mancanza di pulizia, aggiunte al vandalismo, non era sicura di quanti colpi alla reputazione del negozio, ai suoi e alla sua anima potesse ancora sopportare.

"Vali più di così, Adrienne Montgomery." Riempì l'auto con la propria voce e fece un respiro profondo, sapendo di dover attraversare il dolore che la attanagliava ed essere il capo che doveva essere.

Quando era passata dall'essere una donna che reagiva immediatamente a una a cui serviva un attimo per superare il dolore per quello che avrebbe potuto perdere? Ne aveva avuto abbastanza.

Uscì dall'auto, sbatté la portiera e andò verso il negozio. A una seconda occhiata, il danno non sembrava brutto quanto temeva. A meno che non si guardasse direttamente l'insegna e i detriti a terra, non si poteva davvero dire che qualcuno avesse cercato di danneggiare l'attività. Ma Adrienne ne era certa e quella era l'ultima dannata goccia.

Abby uscì proprio in quel momento dal negozio di

tè con in mano un vassoio di bicchieri d'asporto di quello che doveva essere del delizioso tè caldo.

"Adrienne, mi dispiace tantissimo."

Quando sentirono la voce di Abby, i due uomini davanti alla MIT si voltarono e la guardarono. Sul viso di entrambi c'era un misto di rabbia e frustrazione, ma sul momento non dissero nulla. Adrienne non era sicura ci fosse qualcosa da dire, al di là di qualche imprecazione e di qualcosa che probabilmente sarebbe stato meglio non esprimere affatto.

"Che è successo?" chiese quando raggiunse il gruppo.

Abby distribuì il tè. Anche se Adrienne in quel momento non voleva nulla nello stomaco e non era nemmeno sicura di poterlo bere, prese educatamente il bicchiere. Guardò a sinistra prima che gli altri potessero rispondere e vide la sorella andare a grandi passi verso di loro. Aveva il cappotto slacciato, farina nei capelli e appariva nel modo in cui si sentiva Adrienne: pronta a prendere qualcuno a calci.

O, per lo meno, voleva sentirsi così. Avrebbe solo dovuto vedere se sarebbe davvero successo.

"Eravamo dentro a prepararci, dato che i clienti arriveranno tra un quarto d'ora," cominciò Shep, "poi abbiamo sentito un rumore forte ed è tremato tutto. Non abbiamo ancora messo quelle dannate telecamere o avrei visto chi è stato a tirare qualcosa contro il palazzo. Ma quegli aggeggi arrivano solo domani perché erano in arretrato e l'assicurazione non ci lascia mettere altro."

"Qualcuno si è fatto male?" chiese Adrienne e cercò di valutare la situazione. Gli uomini scossero la testa. "Questo vuol dire che qualcuno ha tirato qualcosa contro l'insegna in pieno giorno mentre c'era gente al lavoro? Che faccia tosta ha questa gente?" Alzò le mani e ringhiò. "Se non fosse che ho messo quasi tutto quello che ho in questo negozio, direi di mandare tutto al diavolo e spostarci altrove. Che diamine ha questa gente che non va? Perché non possono lasciarci vivere e lavorare in pace?"

Non rese conto di aver urlato finché Mace non le mise una mano dietro la nuca e le poggiò la fronte contro la propria.

"Respira, Addi. Abbiamo chiamato la polizia, sta arrivando. Non lasceremo che questa feccia, questi farabutti pieni di pretese, possano passarla liscia. Non li faremo vincere. La polizia dovrà prenderci sul serio e lavorare per capire chi diamine ce l'ha con la MIT. Non sono più solo un paio di coincidenze, vanno al di là del vandalismo e di qualche telefonata meschina: qualcuno poteva farsi male. Ho quasi portato Daisy al negozio e lei poteva essere qui fuori quando hanno lanciato chissà cosa. Lo scopriremo. Tutto. Non getteremo la spugna, Addi. Sai benissimo che i Knight e i Montgomery non mollano mai." Poi la baciò sulla bocca davanti al fratello, alla sorella e alla nuova amica Abby.

Thea applaudì poi finse di essere arrabbiata e incrociò le braccia sul petto. Abby sorrise come se non avesse mai visto niente di tanto dolce. Shep non sembrò per nulla sorpreso. Evidentemente, Shea o qualcun altro glielo aveva già detto e, in quel momento, ad Adrienne non importava nemmeno un po'. Avevano questioni più importanti di cui preoccuparsi rispetto al chiedersi chi sapesse che lei e Mace stavano insieme: nello specifico, i due poliziotti che avevano appena svoltato nel parcheggio. Tenuto conto del fatto che Adrienne li aveva già visti quando erano venuti per i graffiti, aveva la sensazione che la faccenda sarebbe andata un po' diversamente quella volta. O per lo meno lo sperava.

Adrienne si allontanò da Mace, non per via degli sguardi che poteva ricevere, ma perché doveva restare calma e professionale, se volevano avere risposte su chi volesse distruggere la proprietà e rompere le scatole alla MIT. La parte più triste fu il fatto che, dopo che i poliziotti andarono via, Adrienne dovette chiamare l'assicurazione. Aveva già il numero fra le chiamate recenti e il fatto che dava praticamente del tu all'assicuratore la fece arrabbiare ancora di più. Aveva la brutta sensazione che, senza un rapporto completo o una risposta sul perché stesse succedendo tutto ciò, il premio sarebbe aumentato. Adrienne non sapeva quanto le ci sarebbe voluto per rimpiazzare l'insegna. Quella che aveva le piaceva, l'aveva progettata con il fratello e i cugini affinché riprendesse quella del negozio originale a Denver, ma con un tocco originale che mostrasse una parte della famiglia a Colorado Springs. Avrebbero potuto chiedere di produrne un'altra con lo stesso disegno, ma non era quello il punto. Era il principio per tutto.

Quando i poliziotti andarono via e lei e Shep finirono la telefonata con l'assicurazione, avevano già spazzato via i detriti dal marciapiede, così la gente poteva facilmente passare in sicurezza ed entrare nel negozio. Arrivarono i clienti del posto che avevano un appuntamento, erano pronti per i tatuaggi anche con i danni all'esterno. A loro non importava che il negozio non fosse bello come doveva, ma solo di chi c'era dentro e che servizi forniva. Adrienne sapeva che non sarebbe stato così per tutti: la maggior parte dei nuovi clienti era attratta dall'insegna, quando era ancora tutta intera, e venivano a vedere o prendevano appuntamento. Solo molto più avanti avrebbero potuto affidarsi a quel tipo di programma.

Adrienne sapeva che stavano già cominciando a perdere soldi per tutto quello che era già successo. Anche se non erano in rosso né avevano problemi finanziari, la situazione le faceva fare un passo indietro nel piano quinquennale riguardo al negozio.

"Perché sembra che tu voglia sbattere la testa contro il muro davanti a te o colpire la prima persona che ti arriva alle spalle? Nota che te lo sto chiedendo da una distanza di sicurezza, nel caso tu decida per la seconda opzione."

La voce di Mace riportò alla realtà Adrienne, che si voltò e lo scoprì a studiarla. La cliente di Mace doveva essere in pausa, perché lui aveva lavorato senza sosta da quando avevano ripulito fuori. Era arrivato persino Ryan ad aiutarli a mettere un telone sull'insegna, quando l'assicurazione aveva confermato che potevano. In quel momento, l'altro stava disegnando un'insegna temporanea da mettere sul telone. Sapevano tutti che non sarebbe durata a lungo perché era inverno, erano in Colorado e avrebbe nevicato. Ma per il momento stavano facendo tutti la loro parte, cercavano di comportarsi come se non ci fosse nulla che non andasse e sarebbe andato tutto bene. Ma dall'espressione degli agenti quando avevano spiegato cos'era successo, Adrienne non sapeva se sarebbe stato così, perlomeno non subito. Non avevano risposte, solo altri problemi. Non avere controllo sulla situazione le dava molto fastidio.

"Addi?"

"Odio tutto questo. Davvero. So che fare i capricci e dire che lo odio non fa altro che infastidire tutti e farmi arrabbiare di più. Sono solo molto frustrata." Parlò a bassa voce perché non voleva che i due clienti la sentissero lamentarsi. Sapeva di doversi riprendere e calmarsi, ma il cuore non aveva smesso di galoppare da quando era arrivata al parcheggio e la sensazione di impotenza peggiorava tutto.

Mace annuì e le accarezzò una guancia. "Lo capisco, Addi. Nemmeno a me è piaciuto il modo in cui hanno parlato gli agenti, ma non ci arrenderemo."

Shep li raggiunse e la abbracciò. "Stiamo ancora facendo quello che amiamo, sorellina. Questo ha più valore di quanto a volte gliene diamo."

Arrivò anche Ryan a chiudere il cerchio. "Siamo una squadra, ricordi? Fanculo quei tizi e quello che credono di poterci fare."

Adrienne non poté fare a meno di ridere del tono di Ryan. Le aveva appena urlato contro e, anche se lei lo vedeva ancora preoccupato, circondata dai ragazzi aveva la sensazione di essere invincibile.

"Non lasceremo che queste persone ci fermino. Penseremo a chi può essere e gliela faremo pagare." Adrienne fece una smorfia. "Beh, legalmente. Non come pirati o roba del genere."

Mace sorrise. "Sai, l'idea di te vestita da pirata mi piace."

Shep fece una smorfia e Ryan rise. "Solo perché mi sta bene che stiate insieme non significa che devo vederlo, sentirne parlare o pensare a cosa diamine intendi parlando di lei vestita da pirata e... santo cielo, non voglio nemmeno finire questo pensiero."

Mace rise e Adrienne scosse la testa. "Nessuno finirà sulla passerella della nave."

Chiuse gli occhi con un lamento. "Ok, ora che stiamo scherzando su... quello che è, vuol dire che va tutto bene?"

"Non ci arrenderemo, se è quello che intendi," rispose Ryan.

"Col cavolo," disse Shep, aggrottando la fronte. "Capiremo chi è stato e nel frattempo faremo dei bei tatuaggi."

"Per me va bene," disse Mace. "Non ci arrenderemo," ripeté le parole di Shep. "Non li lasceremo vincere, ma faremo attenzione. A proposito di lavoro, la mia cliente è quasi pronta a riprendere e dovrei tornare in postazione."

Adrienne si appoggiò a lui mentre Mace la abbracciava e non poté fare a meno di notare il modo in cui Shep socchiudeva gli occhi anche se sorrideva. "Grazie," disse a tutti. "Avevo bisogno di tirarmi su."

"Non lasceremo che qualcuno di noi stia giù di corda," disse Ryan. "Ci siamo dentro insieme."

Shep tornò alla postazione mentre Ryan riprese a lavorare all'insegna temporanea. Anche Adrienne doveva rimettersi al lavoro, dato che il cliente sarebbe arrivato di lì a dieci minuti. Doveva solo tirarsi su di morale ed essere la Montgomery che era.

Mace, d'altra parte, la abbracciò di nuovo e si chinò per sussurrarle: "Vieni a cena da noi stasera. Credo che un po' di relax e di buon cibo faccia bene a tutti. Che ne dici?"

Adrienne non poté fare a meno di sorridere a quelle parole e si allontanò per guardarlo. Il fatto che la stesse invitando a passare la serata con lui e Daisy era... rilevante. Non riusciva a spiegarlo, ma sapeva che non si stava comportando solo da amico. Era una parte di loro come *coppia*.

Sì, era completamente innamorata di Mace Knight e, per la prima volta, pensò che forse, *forse*, andava bene così.

"Mi sembra un'idea perfetta."

"Bene." Le baciò i capelli, poi tornò alla postazione dove la cliente si era seduta di nuovo.

Adrienne sospirò, poi ruotò le spalle e tornò al lavoro. Era solo un ostacolo, qualcosa nel sentiero che avrebbe allontanato con un calcio il prima possibile.

"Zia Addi!" Daisy le corse contro le gambe e Adrienne rise, molto più preparata dell'ultima volta ad essere assalita dal piccolo siluro di energia e amore. "Sei qui!"

"Perché non caliamo di qualche decibel, Daisy? Credo che i vicini ti sentano da qui." Mace aveva fatto entrare Adrienne in casa ed era accanto a lei, con un sorriso dietro la barba sempre più lunga. Non si rasava più tutti i giorni e Adrienne pensò che quella fosse la barba invernale. Dato che lui ci metteva l'olio di cocco ogni sera, le dava una sensazione paradisiaca fra le gambe, ruvida contro la pelle setosa delle cosce.

Basta pensare a roba del genere.

"Ok papà." Daisy saltellò sul posto e trascinò Adrienne in salotto. "Papà ha fatto il pollo al forno per cena e ha comprato il pane fresco. Stasera mangi con noi."

Adrienne guardò Mace e sorrise. "Pollo al forno?"

"Pollo, funghi e broccoli mischiati con una salsa fatta in casa e cosparsi di briciole di pane. Era nel libro di ricette di mia madre sane per il cuore ed era uno dei piatti che preferiva cucinare. Non abbiamo più un libro di cucina, ma quella ricetta c'è. Non ti ho chiesto cosa volessi per cena ma ho pensato che sarebbe andato, dato che l'avrei preparato comunque e so quello che ti piace."

Lei sorrise. "Me la ricordo. Tua mamma ce l'ha preparata una volta quando siamo andati a cena e nessuno dei due aveva in casa niente a parte dei fagiolini in scatola. Non fraintendere, adoro i fagiolini al microonde con sale e pepe, ma non ho più diciannove anni."

"Grazie al cielo," disse Mace con una risata. "Vuoi qualcosa da bere?"

"Posso prenderlo da sola."

Mace scosse la testa e guardò le mani intrecciate di Daisy e Adrienne. "Ci penso io. Va bene il vino bianco?"

"Perfetto."

Mace andò a prenderle da bere e Adrienne si sedette sul divano accanto a Daisy. La bambina si mise a raccontarle la giornata, di come avesse passato il pomeriggio con i nonni e di quanto le piacesse stare con loro. Dopo tutto quello che i Knight avevano passato per avere l'affidamento di Daisy, Adrienne sarebbe sempre stata grata del fatto che avevano la possibilità di passare del tempo con l'adorata nipotina. Anche lei aveva più tempo per conoscere Daisy e si era già innamorata di lei, ancora più di quando l'aveva preso in braccio per la prima volta da neonata urlante avvolta in una copertina morbida. Jeaniene non era mai stata davvero felice della presenza di Adrienne nella vita di Daisy. Ma dato che l'altra aveva praticamente abbandonato la figlia per una cosiddetta promozione che, evidentemente, avrebbe *aiutato tutti*, ad Adrienne non fregava proprio niente di quello che pensava Jeaniene. Non era probabilmente il modo migliore di pensare alla ex di Mace ma, con tutto quello che stava succedendo, non le importava. Gliene sarebbe importato quando non sarebbe stata nel salotto del migliore-amico-barra-amante a chiacchierare con la dolcissima figlia e sul punto di mangiare del cibo delizioso.

Quando finirono di mangiare ed erano sul divano a guardare *Rapunzel*, Adrienne era piena, al caldo, felice e stava di nuovo paragonando Mace a Flynn Rider. Non poteva farne a meno, aveva una cotta pazzesca per il personaggio Disney e Mace avrebbe dovuto prenderla così. Personaggi immaginari inclusi.

"Resta," sussurrò Mace, con Daisy che dormiva tra loro.

Adrienne sgranò gli occhi e lo guardò. Anche se

stavano insieme da più di un mese e per via di Daisy già parlavano dei programmi per il Ringraziamento e le altre festività, non avevano mai passato tutta la notte insieme nello stesso letto. Figurarsi restare a casa di Mace sotto lo stesso tetto della piccola. Adrienne non era sicura di cosa avrebbe significato alla lunga, ma sapeva che era un primo passo.

Quando lei annuì, lui sorrise e Adrienne si sporse sopra Daisy che dormiva e lo baciò.

Più tardi, dormirono aggrovigliati sotto un lenzuolo fresco di bucato e un piumone caldo di flanella. Non fecero sesso, lui dormì con il solito pigiama e lei con una delle vecchie magliette di Mace. Era stata la notte più romantica della vita di Adrienne.

Fra le braccia di Mace, poteva vedere un futuro, anche con tutto quello che le andava avanti nella testa.

Fra le braccia di Mace, poteva sperare.

CAPITOLO QUATTORDICI

Mace si accoccolò contro la donna che aveva davanti e trattenne un gemito. Doveva essere silenzioso, dato che la figlia dormiva dall'altro lato del corridoio. Dato che la porta delle due camere da letto era chiusa, avrebbe potuto approfittare di quello a cui pensava quando aveva la migliore amica nel letto.

Adrienne si appoggiò a lui, che le passò lentamente la mano sotto la maglietta e gliela chiuse sul seno nudo.

"Mace," sussultò lei.

Lui si sporse e le baciò il collo. "Dobbiamo fare silenzio, Addi. Ti scoperò, te lo infilerò fra le chiappe e spingerò da dietro, ma non devi urlare, così non svegliamo Daisy. Pensi di poterlo fare per me?"

Lei annuì e gli spinse il sedere sodo contro l'erezione crescente.

"Scopami," sussurrò. Mace le morse la spalla.

Adrienne si agitò contro di lui, che le passò una mano intorno per sfiorarle delicatamente il clitoride. Lei aprì immediatamente le gambe e Mace ci fece scivolare facilmente e avidamente l'uccello in mezzo.

"Entra."

In risposta, lui le alzò leggermente la gamba, le mise una mano sulla gola e l'altra sulla coscia mentre si introduceva nel calore umido. Gemettero entrambi e lui la baciò per soffocare il suono. Quando volevano, sapevano essere rumorosi e molto spesso era loro desiderio. Quella mattina, però, dovevano fare piano. Lui spinse avanti e indietro, prima poco in profondità stuzzicando entrambi, poi fino in fondo; Adrienne ondeggiò contro di lui, mentre ansimavano entrambi. Lei allungò una mano ad afferrargli il sedere come per costringerlo ad andare più in profondità: presto si ritrovarono a muoversi all'unisono, tremando dal desiderio.

Lei venne per prima, con la passera che si stringeva intorno a lui; Mace la seguì subito, completamente sveglio e soddisfatto.

Aspettò che avessero ripreso entrambi fiato, prima di baciarle la spalla e accarezzarle il ventre. "Adesso esco. Resta qui e vado a prendere un asciugamani per ripulirti."

Lei gli sorrise pigra e Mace sentì quella stretta al cuore che lo spaventava tanto. "Ok."

La lasciò nel letto, appiccicosa del suo orgasmo. Sapeva che, se non avesse fatto attenzione, si sarebbe innamorato di lei.

La parte più spaventosa era che... temeva fosse già successo.

Mace aveva la mattina libera, mentre Adrienne era dovuta andare ad aprire il negozio insieme a Ryan. A Mace non era dispiaciuto, dato che gli dava il tempo di ripensare a come avevano passato la notte prima e quella mattina, nonché di mettere in ordine la casa dopo una lunga settimana in cui aveva creato una routine con Daisy. Doveva diventare più bravo a riordinare per entrambi e insegnare a Daisy a sbrigare qualche faccenda in più. Certo, ai suoi occhi era ancora piccola, ma i genitori lo avevano responsabilizzato presto e Mace voleva assicurarsi che la figlia ricevesse la stessa educazione. Quando Daisy si era trasferita, lui era stato permissivo riguardo alle faccende di casa. Era una bambina abbastanza ordinata, ma i giocattoli avevano cominciato ad arrivare in ogni angolo della casa. I genitori di Jeaniene avevano impacchettato controvoglia i giocattoli di Daisy (o avevano assunto qualcuno per farlo), perciò la stanza della bambina e il salotto ne erano invasi. Per quanto adorasse il fatto che a Daisy sembrasse di essere a casa invece di essere andata a trovare il padre per il fine settimana, trovare l'equilibrio non era facile.

In quel momento, Daisy stava organizzando le bambole per grandezza, in modo da poterle mettere sulla mensola che Mace aveva montato quella mattina dopo che Adrienne era andata al lavoro. La bimba aveva già raccolto il resto dei giocattoli dal pavimento e li aveva messi nel grosso baule che uno dei cugini di Adrienne aveva costruito per lei. Sembrava fossero nati talmente tanti Montgomery a così poca distanza l'uno dall'altro che ne aveva costruiti un paio in più e i genitori di Adrienne glielo avevano portato il giorno prima. Con un sorriso, si erano accertati di arrivare quando Daisy non ci fosse stata, così non ci sarebbero state domande strane; ma il fatto che avessero portato un baule per la bambina aveva contato molto per Mace. Sapeva che lo avrebbero portato anche se lui non avesse avuto una relazione con Adrienne. Erano quel tipo di persone, il tipo che Daisy avrebbe dovuto conoscere. Ma, di nuovo, trovare l'equilibrio era tutta un'altra storia: un equilibrio per cui la piccola non avrebbe dovuto contare sulla coppia in quanto genitori della ragazza del padre, invece che come persone fantastiche che potevano far parte della sua vita.

Mace si passò la mano sul viso e sospirò. Stava rendendo tutto dannatamente complicato, ma il fatto era che la vita *era* complicata e quella situazione più di altre.

In quel momento gli squillò il cellulare, che lo riportò alla realtà; rispose subito quando riconobbe il numero dell'avvocato. Trattenne una smorfia quando gli tornò in mente l'importo dell'assegno che gli aveva appena firmato, ma rispose comunque con educazione. Quel tizio si stava assicurando che Daisy potesse restare nella vita di Mace al di là dei sei mesi in cui la ex era all'estero. Valeva i soldi che chiedeva.

"Mace, sei al lavoro? Ti disturbo?"

"No, nessun problema, vado più tardi. Stamattina io e Daisy stiamo facendo pulizie."

"Bene, bene." L'altro sospirò e Mace si irrigidì. L'avvocato non dimostrava mai altra emozione se non la determinazione a compiere le azioni giuste e necessarie per vincere.

"Qualcosa non va?"

"Non c'è niente che non vada. O meglio, non credo che lo penseresti quando ti dico cosa sto leggendo. Ma forse vuoi sederti mentre te lo spiego."

Mace si sedette sul tavolino da caffè, dato che non

era sicuro di poter fisicamente arrivare al divano, sulla base del tono dell'avvocato. "Che cos'è?"

"Jeaniene ha ceduto la custodia, Mace."

Lui batté le palpebre, il rombo che aveva nelle orecchie diventava sempre più forte. Non riusciva a capire il significato di quelle parole. Gli si seccò la bocca e cercò di parlare, ma non riuscì a dire nulla.

"Mace? Ok, immagino che tu sia senza parole, quindi lasciami spiegare esattamente che vuol dire. Ti sta cedendo tutti i diritti parentali. Non chiede nemmeno il diritto di visita né appendici per quando rientrerà. Stando all'avvocato di Jeaniene (uno stronzo, per la cronaca), il lavoro laggiù va talmente bene che stanno già pensando di prolungare l'incarico. Non so cosa significhi per lei e, onestamente, non mi importa, a parte il fatto che sta gettando la spugna e ti sta cedendo completamente Daisy. Non so nemmeno se vuole più vederla."

Invece dell'enorme sollievo che Mace avrebbe dovuto sentire nel sapere che la battaglia era finita e avrebbe avuto Daisy nella propria vita come aveva sempre voluto, sentì solo una enorme rabbia verso la donna che gli aveva tolto tantissimo dall'inizio e stava abbandonando la figlia come se nulla fosse.

"Non era quello che volevamo. Volevamo l'affido esclusivo mentre lei non c'era e poi avremmo parlato di affido parziale o di maggiori diritti di visita per quando sarebbe tornata. Non avrebbe dovuto rinunciare a niente, non avrebbe dovuto abbandonare la figlia come se fosse un ostacolo alle aspirazioni professionali. Che diamine dovrei dire a Daisy?" Aveva parlato a voce bassa perché la figlia era nella cameretta con la porta aperta, ma ascoltava musica e Mace sperò che non avesse sentito nulla.

Che avrebbe dovuto dirle, quando gli avrebbe chiesto quando avrebbe rivisto la mamma? Che avrebbe dovuto dirle quando sarebbero passati due anni e lei sarebbe stata ancora con il padre, senza nessuna notizia di Jeaniene? Perché la ex aveva rinunciato? Il lavoro era tanto importante da farle dimenticare tutto quello per cui aveva apparentemente lottato da quando era nata Daisy?

Mace non riusciva a capire e, ogni volta che si faceva un'altra domanda, si arrabbiava ancora di più. Dovette trattenersi dal gettare il telefono dall'altro lato della stanza e mettersi a urlare per la situazione in cui lo aveva messo Jeaniene. Aveva passato l'ultimo mese a cercare di capire come fare da padre a una bambina che lo guardava come se fosse in grado di reggere il mondo sulle spalle: a quel punto, invece, avrebbe dovuto dirle che tutto quello che lei pensava era sbagliato.

Non aveva odiato Jeaniene con il primo accordo

per l'affidamento. Non l'aveva odiata nemmeno quando gli aveva lasciato Daisy senza preavviso. Ma in quel momento, sapendo che alla bambina si sarebbe spezzato il cuore, sì, la odiava. E odiava se stesso per essere stato con una donna capace di un gesto del genere.

Gli venne in mente Adrienne: era sicuro che lei non si sarebbe mai comportata in quel modo con qualcuno che amava o, diamine, con nessuno, ma allontanò subito quei pensieri. Non poteva metterla nella stessa sfera dei pensieri che gli passavano per la mente in quel momento. Non era giusto per nessuno e, onestamente, più peso si metteva sulle spalle, più sapeva di potersi spezzare e di non essere l'uomo di cui aveva bisogno la figlia.

Jeaniene aveva compiuto quel gesto e lui avrebbe scoperto perché.

"Mace? Sei ancora lì?"

Mace imprecò e si ricordò di essere ancora al telefono con l'avvocato. Confermò con voce roca.

"So che è uno shock, ma è una vittoria. Se e quando la tua ex tornerà, non avrà nessun diritto su Daisy. Se cambia idea e vuole vedere la figlia, dipenderà da te e da come vuoi gestire il suo ritorno nella vita di Daisy. Dipende *tutto* da te. Vieni domani e ci occuperemo dei documenti. Ma devo dirtelo, Mace: sarà pesante per la bambina e non so come vorrai dirglielo, ma sappi che non la perderai per colpa di documenti e avvocati. È tua figlia in tutto e per tutto e adesso lo dicono anche le carte."

Mace annuì e ascoltò l'avvocato parlare di altri aspetti legali di cui non capì nulla. Prima di firmare, avrebbe controllato ogni documento e fatto domande su quello che non capiva. Onestamente, avrebbe fatto in modo che la ex non cambiasse idea perché, per quanto lui volesse Daisy nella propria vita a tempo pieno, non voleva essere lui a strapparla dalla madre. Era stata Jeaniene a combinare tutto, era stata lei ad arrendersi senza combattere. Lui non voleva tenerla completamente fuori dalla vita di Daisy. No, era *lei* che se ne stava tirando fuori.

Quando chiuse la telefonata con l'avvocato, gli faceva male lo stomaco e aveva un mal di testa martellante. Sapeva di dover parlare presto con Daisy o avrebbe lasciato che quella conversazione gli marcisse nella testa e nello spazio fra loro. Ma come glielo avrebbe detto? Credeva che ci fossero dei manuali al riguardo, ma in tutta onestà voleva solo chiamare Addi e chiedere consiglio. Dato che quello era stato il primo pensiero, non gli diede ascolto. Lei aveva già tanto a cui pensare e Mace temeva che, più la invischiava nella propria vita, più sarebbe stato difficile tornare a com'era prima, quando lei si sarebbe resa conto che i guai di Mace erano troppi.

Che la vita di Mace era troppo per lei.

Prima che potesse pensare davvero al significato di quei pensieri, Daisy uscì dalla cameretta e lo raggiunse, mentre era ancora seduto sul tavolino da caffè.

"Che c'è, papà?"

Mace deglutì rumorosamente e seppe di dover agire come se strappasse via un cerotto. Rapido e veloce, anche se non proprio indolore. La figlia era intelligente e affettuosissima, alle volte poteva chiudersi in se stessa perché pensava molto a cosa dire o fare per elaborare quello che provava.

Mace sapeva di dover solo cominciare e che nascondere tutto avrebbe solo fatto male a entrambi, perciò si alzò, andò a prendere in braccio la bambina e se la strinse al petto. Daisy gli mise le braccia al collo e lo baciò dolcemente sul naso.

A Mace si sciolse il cuore mentre gli si spezzava. La bambina era tutto per lui e aveva una grande forza. Anche Mace sarebbe stato forte per lei. Andò a sedersi sul divano e se la mise in grembo, in modo da poterla guardare negli occhi mentre le diceva quello che stava succedendo.

"Era la mamma?"

Mace si immobilizzò e si chiese come avesse fatto

ad aver contribuito a dar vita a quella bambina intuitiva e fantastica. "Sì, come hai fatto a capirlo?"

Lei gli accarezzò la guancia. "Sei sempre tanto triste quando pensi alla mamma."

Cavolo, avrebbe dovuto impegnarsi di più a nasconderlo. Indipendentemente da quello che succedeva, Jeaniene era sempre la mamma di Daisy e lui doveva evitare di fare lo stronzo.

Le baciò i capelli per raccogliere i pensieri. "La mamma potrebbe restare in Giappone più di quanto avevamo pianificato." Non sapeva perché avesse parlato al plurale. Non avevano pianificato niente delle decisioni che Jeaniene aveva preso per lavoro. Lui non aveva avuto voce in capitolo e adesso doveva cercare di capire come non spezzare la figlia, anche se l'avrebbe cresciuta per essere forte e indipendente. Essere un padre single era già difficile, ma da quel momento di certo non sarebbe diventato facile.

"Per quanto?"

"Non lo so, piccola. Davvero. Ma indipendentemente da tutto, io e te siamo insieme. Staremo bene. D'ora in avanti questa sarà casa tua, come abbiamo detto quando sei arrivata. Andrai nella stessa scuola e avrai gli stessi amici, ma puoi restare più tempo con me. Ti voglio bene, Daisy, e adoro averti qui con me, ma siamo solo noi due. So che mamma ti vuole bene, ma adesso ha delle faccende da adulti da sbrigare per lavoro, il che significa che io e te passeremo più tempo insieme."

Sapeva che in quel momento stava straparlando, ma la bambina non era grande abbastanza da capire quello che succedeva e, onestamente, nemmeno lui ne era sicuro. Come avrebbe dovuto spiegare la complessità di quello che succedeva nella testa della ex quando lui non sapeva come dirlo a parole? Sperò che tutto ciò fosse abbastanza ma, alla fine, non lo avrebbe saputo finché qualcosa non fosse andato storto: quel pensiero lo preoccupava più di quanto volesse ammettere.

"Voglio la mamma. Siamo solo noi due? E zia Addi? Va anche lei in Giappone? Non voglio che mi manca come mi manca mamma. Mi piace. Ti fa ridere e piace anche a te. Non farla andare in Giappone con mamma, ok? Voglio la mamma."

Le lacrime cominciarono a caderle sulle guance, Daisy ormai tremava e singhiozzava. Mace si odiò e detestò Jeaniene per come stava trattando la bambina. Mace non poté fare altro che stringere Daisy e lasciare che i singhiozzi non la scuotessero più. Era minuscola e dentro di lei c'era così tanto.

Mentre tutto ciò si stava rimescolando dentro di loro, Mace capì di aver commesso un errore: non uno piccolo che si potesse correggere facilmente, ma uno che aveva sconvolto l'equilibrio di tutto quello che lui aveva cercato di far funzionare. Si sentì invadere dal dolore, ma lo ignorò e strinse Daisy al petto.

"Solo noi due, piccola," mentì, sperando di trovare la forza di concretizzare. "Addi è la mia migliore amica, quindi ci sarà sempre, ma non andrà in Giappone come la mamma. Lei non è la mamma."

"Ok." E con la resilienza di una bambina che non capiva esattamente le emozioni delicate che c'erano nell'aria, Daisy tornò in camera e accese di nuovo la musica.

Mace si lasciò andare silenziosamente, sapeva di dover ricorrere all'unica soluzione che si era ripromesso di non contemplare.

Spezzare il cuore della migliore amica. Mace aveva visto l'amore nascere negli occhi di lei e aveva sentito lo stesso dentro di sé, ma non poteva rischiare Daisy, non poteva rischiare di farle di nuovo del male. Una volta che la realtà della situazione con la mamma l'avesse colpita in pieno, Mace avrebbe dovuto trovare un modo per aiutarla a guarire, che fosse con l'aiuto di un professionista o solo con la famiglia. Ma non poteva fare niente per peggiorare le cose e far credere a Daisy che Addi fosse un rimpiazzo di Jeaniene. Non era giusto per nessuno di loro.

Dannazione.

. . .

Mace lasciò Daisy dai nonni, dato che era il fine settimana e non doveva andare a scuola. Andò al lavoro e cercò di comportarsi come se fosse tutto normale e come se tutto il centro del suo essere non fosse cambiato monumentalmente. Shep si sarebbe occupato della chiusura quella sera, dato che era il suo turno, mentre Ryan aveva degli appuntamenti a cui non poteva mancare, per cui se ne andò appena arrivò Mace. Il che lo lasciò a lavorare fianco a fianco con Adrienne, come avevano fatto un sacco di volte alla MIT e al negozio precedente. Lei lo aveva guardato in modo strano quando gli aveva chiesto se fosse tutto a posto, lui aveva mentito dicendo che andava tutto bene, ma lei non fece altre domande. Per fortuna, erano molto impegnati con gli appuntamenti e i clienti senza prenotazione, il che gli fece pensare che forse tutti quei problemi che li avevano colpiti non avevano danneggiato il negozio quanto avevano pensato. Ma persino quelle preoccupazioni non avevano la sua completa attenzione mentre cercava di capire come allontanare una delle parti più luminose della propria vita.

Era un tale stronzo, ma per essere il padre di cui

Daisy aveva bisogno, doveva essere uno stronzo ancora peggiore.

Adrienne lo avrebbe odiato, Mace ne era certo. Probabilmente anche la famiglia di lei lo avrebbe detestato. Lavorare con loro sarebbe stato quasi impossibile, ma lui avrebbe dovuto affrontare le conseguenze se non le avesse fatto troppo male. Mace se l'era cercata. Per questo all'inizio aveva provato ad evitare la relazione: sapeva che era tutto troppo intricato e complicato, ma era andato comunque avanti, convinto di riuscire a gestire tutto. Si sbagliava di grosso. Doveva trovare un modo di far funzionare di nuovo tutto, perché doveva mettere Daisy al primo posto. La bambina meritava di essere la priorità di qualcuno. La sua stessa madre aveva messo il lavoro e i propri sogni davanti a quello che Daisy voleva e a quello di cui la piccola aveva bisogno.

Per quel motivo, Mace si ritrovò a casa con la migliore amica, in salotto, lei lo fissava. Non era riuscito a dirle perché le avesse chiesto di andare da lui mentre Daisy era ancora dai nonni. Adrienne aveva dovuto capire che qualcosa non andava, ma Mace doveva farlo per Daisy. Anche se tante altre questioni erano importanti per lui, la bambina doveva essere la priorità.

"Dimmelo, Mace," esordì rapidamente Adrienne. "Che c'è?"

"Credo che sia arrivato il momento di tornare a essere solo amici, prima di distruggere ogni possibilità di tornare indietro," disse di getto, con i pugni lungo i fianchi.

Lei sgranò gli occhi e fece un passo indietro. "Così? Senza spiegazioni? No, mi merito di meglio, Mace. Ce lo meritiamo entrambi. Quando abbiamo cominciato, sapevo che era rischioso, ma cosa è cambiato?"

Doveva essere sincero e onesto, perciò le disse la verità. Forse se lei avesse visto i *perché*, alla fine avrebbe fatto meno male.

"Jeaniene ha rinunciato alla custodia. Non solo resta più a lungo in Giappone, ma ha rinunciato a tutti i diritti genitoriali. Non si tratta solo affidamento e visita, mi ha ceduto Daisy come se non fosse mai stata parte della vita di nostra figlia."

"Dici sul serio? Come può trattare Daisy in questo modo? È la bambina migliore al mondo, e lo dico io che ho una nipote e dei cugini che hanno bambini fantastici. A che diamine pensava quella donna? Che può uscire dalla vita di Daisy come se gli ultimi quattro anni non contassero nulla?"

Una parte nel profondo di Mace era felice del fatto che il primo pensiero di Addi fosse stato il benessere della bambina e non che la situazione tra loro dovesse tornare a essere come prima. Mace doveva imitarla e concentrarsi su Daisy, poi assicurarsi che Adrienne capisse quello che lui aveva bisogno di provare per lei, o *non* provare.

"Devo essere certo di non sconvolgere ancora di più l'equilibrio di Daisy, a prescindere da tutto."

"E io sono d'intralcio." Adrienne si mise le mani sullo stomaco, che non si era ancora accartocciato su se stesso. Era una donna talmente forte e indipendente che Mace odiava averle dovuto dire tutto ciò, ma dovevano farlo funzionare. Doveva trovare un modo per non ferire le due donne più importanti della sua vita, ma temeva che ogni decisione avrebbe peggiorato tutto. Si stava arrampicando sugli specchi, ma doveva assicurarsi di non incasinare ancora di più la faccenda.

Quella di Adrienne non era una domanda, ma lui rispose comunque.

"Non sto dicendo questo, non proprio. Daisy mi ha chiesto se te ne saresti andata in Giappone come la mamma, Addi. Non posso restare a guardare mia figlia che si agita così perché teme di perdere qualcun altro. Avrebbe dovuto potersi fidare della mamma, ma non ha potuto. Ora devo sperare che si fidi di me e per questo non so se posso lasciare che ti consideri come qualcosa di diverso da un'amica. Non posso vedere mia figlia piangere di nuovo perché un altro adulto se ne va. Non posso metterti in quel ruolo."

"Non ho mai *avuto* quel ruolo. So chi sono, quando si tratta di Daisy. Tu non ti fidi del fatto che io possa essere una persona migliore di Jeaniene quando si tratta dei sentimenti di quella bambina e questo dice più su di te che su di me. So che nella tua vita è cambiato tutto tantissimo nelle ultime settimane e questo mi aiuterà a lasciar correre su quello che hai detto, perché si fa così quando si ama qualcuno. E sì, ti amo. Non volevo che succedesse, non così, ma ti amo. Il fatto che tu creda che io possa fare del male a tua figlia mi fa pensare che io non ti conosca nemmeno."

"Addi."

Adrienne alzò una mano con le spalle all'indietro, e lo guardò negli occhi. "Va bene. Firma i documenti. Firma quello che devi. Prendi fiato e cerca di schiarirti le idee mentre cerchi di capire quale sarà il tuo prossimo passo. Quando avrai finito, possiamo parlare. Non puoi comportarti così, non puoi buttare all'aria tutto quello che abbiamo perché hai paura. Sai quanto me che non possiamo tornare indietro, siamo molto lontani dal poterci comportare come se la nostra relazione non fosse cambiata in modo monumentale. Ti amo, dannazione, non solo come migliore amico.

Rimettiti in piedi, Knight, perché sei migliore di così. *Noi* siamo migliori di così."

Con quelle parole, uscì dalla casa di Mace e si sbatté la porta alle spalle. Gli era sempre piaciuto quando Adrienne si arrabbiava, perché non si tratteneva ed era dannatamente sexy. Ma Mace sapeva che la rabbia in quel momento nascondeva il dolore, un dolore che le aveva inflitto lui perché stava cercando di gestire tutto nel modo migliore che conoscesse. Stava sbagliando, lo sapeva, e non sapeva come rimediare.

Non era sicuro di *poter* rimediare.

Aveva appena visto la migliore amica uscire di casa, forse dalla sua vita, per l'ultima volta.

CAPITOLO QUINDICI

La mamma le aveva sempre detto che non solo Babbo Natale non andava mai in una casa sporca, ma anche che l'anno nuovo non poteva cominciare senza una casa pulita. Per cui l'unico modo per elaborare pensieri ed emozioni era pulire finché non restava nemmeno un granello di polvere.

Adrienne aveva quasi finito i detersivi e l'olio di gomito e, purtroppo, non era per niente vicina a dove doveva essere mentalmente per poter rivedere Mace al lavoro il giorno dopo.

Che cavolo.

Le bruciavano gli occhi e pianse, dato che non c'era nessuno che potesse vederla debole e in preda alle emozioni. Avrebbe potuto chiamare le sorelle, anzi aveva già schivato una telefonata di Thea, ma le serviva tempo per pensare e voleva restare sola per un po'.

Aveva osato essere felice.

Aveva osato sperare.

Com'era finita? Immersa fino al gomito nel gabinetto con polvere e sporco fra le tette. Non era la vita in cui aveva sperato, ma sembrava essere l'unica che sembrava meritare.

Usò la parte posteriore del braccio (l'unica che non era coperta di polvere o detersivi) per asciugarsi il viso e poter vedere. Era stato Mace a ridurla così, le loro circostanze. Continuava a ricordarsene perché era il migliore amico, cavolo, ed era stato l'amante migliore che avesse mai avuto. Aveva pensato che forse sarebbero riusciti a farlo funzionare. Le era sembrato *giusto* quando erano stati tutti e tre insieme a casa di lui, a preparare la cena e ridere davanti a un film. Pensava di andare d'accordo con Daisy e, anche se sapeva di non voler sostituire la madre della bambina, pensava che stessero cominciando a creare un legame più forte di quello che già avevano. Adrienne era stata parte della vita di Daisy fin dall'inizio e temeva di perdere tutto.

Stava già perdendo quello che aveva con Mace, attimo dopo attimo, giorno per giorno.

Mise giù lo scopino del bagno e si succhiò il labbro.

Come aveva fatto a permettere che succedesse? Aveva voluto tanto disperatamente il sesso e i *sentimenti* da rischiare tutto quello che aveva con lui? Beh, le sembrava così, che avesse pensato di essere *tanto* intelligente da non danneggiare quello che avevano, anche se aveva sempre avuto paura.

Anche se Mace aveva distrutto una parte di lei, Adrienne sapeva che non sarebbe crollata. Non aveva ceduto neanche con tutto quello che era successo al negozio, o no? Aveva vacillato, certo, ma sarebbe potuto succedere a tutti.

Eppure non era crollata.

Non si sarebbe arresa nemmeno in quel momento, anche se tutto dentro di lei era pronto a lasciarsi andare. Era stata forte davanti a Mace, era stata onesta con lui. *Sapeva* che lui aveva paura di ferire Daisy e doveva essere incazzato per come si era comportata Jeaniene. Quello di cui Adrienne non era felice, però, era la sensazione che lui stesse sfogando su di lei il dolore e la confusione. Forse Mace non era consapevole delle proprie azioni, ma il risultato non cambiava, no?

Mace aveva talmente tanta paura di quello che sarebbe potuto succedere alla figlia da allontanare tutto quello che poteva metterne a rischio il benessere, anche senza volerlo. Per quanto Adrienne potesse capire, era *arrabbiatissima* perché lui si era arreso senza combattere. Lei no, però. Poteva essersene andata il giorno prima perché doveva crollare in privato, ma lo aveva lasciato con una promessa. Quando si sarebbe schiarito le idee, lei sarebbe rimasta a guardarlo strisciare.

Non che glielo avrebbe permesso: rivoleva solo il migliore amico, diamine.

Tirò su col naso un'altra volta, infastidita da se stessa. Quello che le serviva davvero era una doccia e vestiti senza macchie di varechina. Certo, ciò voleva dire sporcare una delle docce nuovamente immacolate e non era sicura di volerlo fare in quel momento. Quello era il problema quando si puliva a fondo: ci si sporcava e poi non si voleva lavar via il lerciume di dosso perché non si volevano macchiare le mattonelle.

Era ufficialmente pazza e forse le serviva un bicchiere di vino per tirarsi su. Poi avrebbe chiamato le sorelle per sfogarsi e cercare di capire come muoversi. Non era uscita del tutto dalla vita di Mace: lui poteva averle chiesto di essere solo amici, ma lei non era sicura che potesse succedere subito. Tuttavia, lavoravano insieme e non poteva evitarlo.

Non *voleva* evitarlo.

Voleva solo che lui si riprendesse, così potevano capire cosa volessero davvero invece di quello che credevano di desiderare.

Doveva smettere di pensarci. Di nuovo arrabbiata

con se stessa, mise via i detersivi e completò la lista di quelli che doveva ricomprare, dato che quello specifico desiderio di mettersi a fare le pulizie le aveva svuotato quasi tutte le scorte. Poi riscaldò il forno per preparare dei biscotti non appena avesse fatto una doccia. Tanto valeva buttare un po' di farina nella cucina appena sanificata prima di telefonare alle sorelle per implorarle di andare da lei.

Thea e Roxie erano le sue rocce, così come Shep. Ma Adrienne non avrebbe invitato il fratello, dato che poi sarebbe andato da Mace e avrebbe preso a pugni lui o qualcos'altro. Voleva bene a Shep, ma tendeva a comportarsi da *fratello maggiore* che ringhiava a chiunque osasse fare del male alle preziose sorelline.

Uscire con un Montgomery o sposarne uno non era facile e, per il momento, solo Shea e Carter avevano capito il trucco. Inconsciamente, Adrienne aveva pensato che *forse* Mace sarebbe stato uno dei pochi fortunati a passare il test d'ingresso nella famiglia Montgomery, ma forse si sbagliava. Probabilmente era meglio restare amici e, appena avesse finito di leccarsi le ferite, lo avrebbe capito. O almeno lo sperava.

Pensieri su Mace e su quello che lei poteva aver perso continuarono a farsi strada nella sua mente, ma Adrienne fece del proprio meglio per non lasciare che le girassero troppo per la testa o covassero troppo perché, se li avesse repressi, avrebbe finito col pagarla in seguito. Non riusciva a nascondere i sentimenti su molte questioni. Il fatto che, mentre cercava di essere onesta con Mace se ne fosse anche innamorata senza volerlo, le faceva capire che quei sentimenti dovevano essere i più importanti di tutti. Non avrebbe rinunciato a lui, ma non voleva nemmeno restare lì nel dolore. A prescindere da ciò che fosse successo, era il turno di Mace, una sua scelta. Lei non sarebbe rimasta a sacrificarsi e ad aspettare un'assoluzione che poteva non arrivare mai.

Sapendo di dover solo respirare e lasciar vagare ancora i pensieri, lasciò il burro ad ammorbidire e andò in bagno per una doccia veloce. Ovviamente, non poté fare a meno di guardare il punto in cui aveva baciato per la prima volta Mace e il mobiletto dove lui l'aveva presa. Le si piegarono le dita dei piedi mentre le faceva male il cuore a ricordare quanto era stato attento. Mace era sempre cauto e forse era stata quella la loro rovina perché, per quanto avessero parlato dei rischi, non era sicuro innamorarsi e cercare un futuro. Provare quei sentimenti, sapere che si poteva trovare sicurezza con un'altra persona significava osare.

Adrienne si era appena tolta la maglietta, quando

le vibrò il telefono sul mobiletto del bagno. Aggrottò la fronte quando riconobbe il nome sullo schermo e si chiese perché Violet, la sorella di Mace, le stesse telefonando. Rispose mentre era in bagno in reggiseno e pantaloni della tuta. Era ancora tutta sporca, ma almeno non sentiva più la puzza della varechina che si era fatta cadere sulla spalla.

"Ciao, Violet, come stai?" Fece del proprio meglio per mantenere un tono normale e per non far sentire che aveva pianto quasi tutto il giorno, come se non fosse disperatamente innamorata del fratello di Violet, anche se lui l'aveva allontanata perché la ex era una persona orribile a cui importava solo di se stessa.

"Grazie al cielo, Adrienne. Ho chiamato Sienna, ma non ha risposto, poi ho chiamato i miei e mi sono ricordata all'ultimo che erano fuori città per il fine settimana e non riesco a rintracciare Mace. Ma lui ha detto che era possibile, visto che sarebbe stato tutto il giorno dall'avvocato."

Adrienne si raddrizzò con il cuore a mille. "Che succede? Sta bene? Daisy?" Non sapeva se Violet fosse con la bambina, ma fu il primo pensiero a venirle in mente.

"Sto con Daisy, ma mi è venuta un'emicrania improvvisa. Non ci sarebbero stati problemi e l'avrei anche sopportata, ma Daisy ha la febbre alta e credo debba andare dal medico perché non si abbassa. Io non posso guidare perché non riesco nemmeno a tenere gli occhi aperti con la luce accesa e mi viene da vomitare. Ho le medicine e posso sopportarla, ma ho davvero bisogno che qualcuno porti Daisy dal medico. Puoi aiutarmi?"

Adrienne si era già tolta il resto dei vestiti ed era corsa in camera per metterne altri puliti. Poteva anche essere sporca e sudata, ma almeno avrebbe avuto dei vestiti puliti quando sarebbe andata a prendere Daisy.

"Dove sei?" Sapeva che Violet e Sienna vivevano a Denver e, anche se le strade non erano brutte, non sarebbe stato facile arrivarci.

"Sono da Mace. Posso provarci, ma non voglio finire fuori strada perché non ci vedo."

"Sto arrivando. Hai chiamato il pediatra? O devo andare al pronto soccorso?"

"Mi hai salvata. Ho già chiamato il pediatra e la sta aspettando. Mi dispiace di non potercela portare io, ma non riesco a guidare. Questa emicrania mi sta spaccando la testa e odio dover deludere Daisy, ma non posso mettermi in strada."

"Va tutto bene, arrivo subito. Di' a Daisy che penso io a lei."

"Va bene. Grazie, Adrienne. Davvero."

Riagganciò in fretta e corse in cucina a spegnere il

forno, poi gettò il burro in frigo, si mise gli stivali e prese le chiavi. Probabilmente aveva dimenticato qualcosa ma, in quel momento, riusciva solo a pensare che Daisy stava male e Violet aveva paura.

Non importava che Mace avesse cercato silenziosamente di spingerla via dalla vita della bambina. Importava solo che Daisy era malata e qualcuno doveva portarla dal medico. Il fatto che Violet avesse chiamato sorella, genitori, Mace e poi immediatamente lei scaldò il cuore di Adrienne, anche se non avrebbe dovuto. Era stata una Knight onoraria da quando aveva fatto amicizia con Mace. Ovviamente, non era in rapporti altrettanto stretti con le sorelle di lui, ma erano comunque amiche. Il fatto che Violet l'avesse chiamata significava che si fidava di lei. Lei le avrebbe affidato Daisy e faceva male sapere che forse non era lo stesso per Mace.

Ignorò quei pensieri con un ringhio, dato che non sarebbero stati d'aiuto, e si mise in macchina. Con un po' di fortuna, Violet avrebbe avuto nome e indirizzo del medico, perché Adrienne non aveva pensato ad altro che a raggiungere Daisy.

Non era mai stata tanto felice di vivere vicino a Mace. Le ci volle solo qualche minuto ad arrivare e parcheggiò dietro l'auto di Violet. Quasi volò dalla macchina, senza però lasciare il motore acceso (anche se ci aveva pensato), e bussò con forza alla porta. Aveva la chiave, ma non aveva pensato a usarla.

Violet aprì la porta, con una mano sugli occhi e le luci basse. Era pallida, bianca, e sembrava la morte in vacanza. Adrienne ne ebbe pietà e, se non fosse stato che anche Daisy stava male, sarebbe rimasta a occuparsi di Violet. Forse sarebbe tornata e sarebbe rimasta con lei, ma per il momento, doveva vedere la bambina.

"Eccoti. Daisy è sul divano, imbacuccata e pronta ad andare. Ha la borsa e l'indirizzo. Ho fatto il possibile, ma devo andare a stendermi. Scusami, ma sono a pezzi. È un mal di testa improvviso e non riesco a contattare Mace."

Adrienne la superò e le prese il braccio. "Vatti a mettere in poltrona o stenditi. Alza le gambe e chiudi gli occhi. Grazie di aver preparato tutto. Mi occuperò di Daisy, puoi fidarti di me."

Violet abbassò la mano e aggrottò la fronte. "Certo che posso fidarmi di te. Non affiderei mia nipote a nessun altro."

Quell'affermazione la ferì più di quanto avrebbe dovuto, dato che l'altra probabilmente non aveva idea di quello che era successo il giorno prima tra Adrienne e Mace.

"Grazie."

Adrienne aiutò Violet a sistemarsi su una poltrona,

poi fu subito accanto a Daisy. La bimba dormiva con le manine sotto il viso sul cuscino. Ma Adrienne le vedeva le guance rosse e la fronte sudata. Poi Daisy emise un lamento e Adrienne le mise la mano fredda sulla guancia troppo calda.

"Zia Addi," sussurrò Daisy. "Voglio papà."

Ad Adrienne si spezzò il cuore e prese la bambina in braccio, per poi afferrare tutto il resto con la mano destra. Poi si ricordò di non avere il seggiolino e mise giù la bimba, ma continuò ad abbracciarla. Non ragionava perché stava impazzendo per quanto scottasse Daisy.

"Adesso passa tutto, ok? Aspetta solo un attimo, prendo il resto e poi ti porto dove ti faranno passare tutto."

"Voglio papà."

"Lo so, bambolina, faremo venire anche papà. Dobbiamo prima farti stare meglio, poi può venire anche papà e starai bene." Sperò di non mentire.

"Violet? Hai un seggiolino per bambini in macchina?"

L'altra annuì e cercò di alzarsi, ma Adrienne le fece cenno di non muoversi. "Dove sono le chiavi? Posso prendere la tua auto?"

"Ti ci vorrà una vita a capire come togliere il

seggiolino e metterlo nella tua auto. Lo detesto. Prendi la mia macchina."

"Capito." Il che significava che doveva spostare prima la propria, dato che aveva parcheggiato dietro Violet. Si stava facendo tutto complicato, ma non le importava. Fece tutto un passo per volta. Spostò prima la propria auto in strada, poi prese la borsa di Daisy, se la mise in spalla, inserì l'indirizzo del medico sul navigatore del cellulare e prese in braccio Daisy. La bambina dormiva ancora, ma si accoccolò immediatamente nell'abbraccio di Adrienne.

"Grazie," biascicò Violet e Adrienne annuì, prima di lasciarla sola in casa con il telefono vicino in caso di emergenza. Non le piaceva lasciarla lì a soffrire, ma non poteva fare niente per Violet in quel momento.

Per fortuna, Daisy aiutò Adrienne con il sedile. Aveva ancora tanto da imparare sull'attrezzatura per bambini e doveva migliorare, almeno per la nipote. Non era sicura di quanto tempo avrebbe passato con Daisy in futuro. Ingoiò il dolore e prese il viso della bimba fra le mani, perché sembrava che il contatto con la pelle fresca fosse d'aiuto; poi chiuse la portiera e andò alla parte anteriore del veicolo. Violet aveva un'auto simile a quella di Thea, quindi per lo meno non ci sarebbe voluto molto a capire come guidarla.

Avviò subito il navigatore e ascoltò la voce maschile

dall'accento britannico che le parlava calma mentre le dava le indicazioni per lo studio del medico. Daisy rimase in silenzio, ma Adrienne abbassò l'aletta parasole con lo specchietto, che normalmente non usava mai, per poter vedere cosa succedeva sul sedile posteriore.

Le ci vollero venti strazianti minuti per arrivare dal pediatra: alla fine del viaggio, Daisy piangeva e Adrienne aveva i nervi a pezzi. Pensava di piangere anche lei, ma si trattenne perché qualcuno doveva essere forte in quella situazione. Prese giacca e borsa e portò Daisy nello studio, grata del fatto che la segretaria si fosse alzata subito.

"Daisy Knight?"

Adrienne si era quasi dimenticata che aveva il cognome di Mace, l'unico beneficio che Jeaniene gli avesse concesso all'epoca. Sperò che per l'assicurazione andasse bene che ci fosse lei con Daisy, ma in quel momento non c'era altra scelta.

"Sì, sono la ragazza del padre." Era una bugia, ma meglio che dire che era un'*amica*.

"Lo sappiamo, signorina Montgomery. La signorina Knight ha appena chiamato e ci ha detto che sarebbe arrivata. A dire il vero, il signor Knight l'ha messa in lista come familiare, per cui può venire con noi."

Colpita, Adrienne seguì comunque l'altra donna nella sala visite e si fece da parte. Le batteva il cuore e prese il telefono, poi ricordò che forse non avrebbe dovuto usarlo lì.

"Devo cercare di contattare il padre. Posso usare il cellulare?"

L'infermiera annuì e indicò la porta. "C'è una sala d'attesa qui accanto dove può usarlo."

Non voleva lasciare Daisy da sola, ma doveva rintracciare Mace.

Adrienne doveva avere l'indecisione scritta in faccia perché l'infermiera le sorrise con dolcezza. "Ci prenderemo cura di Daisy. Riuscirà a sentirci con la porta aperta, ok?"

"Ok. Mi scusi."

Andò in sala d'attesa e chiamò Mace. Rispose la segreteria, non era da lui e Adrienne iniziò a preoccuparsi. Ma prima che potesse pensare a come procedere, riecheggiò una voce profonda e le spalle le si rilassarono anche se le faceva male la pancia.

"Daisy pigrona," la voce di Mace rimbombò nella stanza accanto e Adrienne sentì gli occhi pizzicarle per le lacrime, ma non sapeva se fosse perché Mace era un padre affettuoso o perché sentirne la voce le avesse ricordato che lui l'aveva allontanata.

Non importava, non in quel momento. Si sarebbe

assicurata che Daisy stesse bene e, dato che Mace era lì, immaginò che sarebbe stato così. Avrebbe chiesto a Violet com'era andata, oppure anche a Mace quando lo avrebbe visto il giorno dopo al lavoro. Era inutile restare lì quando il cuore e la mente non erano pronti a vederlo, non erano pronti a lui che la guardava negli occhi e le parlava. Adrienne avrebbe dovuto essere più forte, ma sapeva di non esserlo. Non ancora. Le serviva qualche attimo per ricostruire gli scudi e tornare a essere la donna forte che aveva sempre pensato di essere.

Stava per uscire, attenta a non guardare a destra, quando fu colpita di nuovo dalla voce di Mace.

"Addi."

Si immobilizzò, ma non si voltò.

"Addi." Mace fece una pausa. "Grazie. Solo... grazie. Mi è caduto il telefono mentre andavo dall'avvocato e si è rotto. Sono stato irrintracciabile tutto il giorno e stavo impazzendo. Quando sono arrivato a casa ho trovato Violet in quelle condizioni e mi ha detto quello che è successo. Mi dispiace che tu abbia dovuto affrontare tutto questo. Ma grazie per averla aiutata. Grazie."

Adrienne deglutì rumorosamente ma non si voltò. Non era sicura di farcela.

"Nessun problema, Mace. Era per Daisy, certo che l'avrei aiutata."

Non voleva sembrare tanto passivo-aggressiva e non si piaceva in quel modo. Poté quasi *sentire* Mace fare un passo indietro.

Sapendo che avrebbe dovuto guardarlo o non ne avrebbe avuta mai più la possibilità, si voltò. Era sexy come sempre, tutto sgualcito e serio, ma si era rasato e Adrienne fece un passo indietro.

"Mi dispiace, non volevo sembrare tanto brusca," disse in fretta. "Ti sei rasato."

Mace sollevò la bocca in una specie di sorriso. "Mi sono rasato." Nessuna spiegazione, ma Adrienne non era sicura che gliene dovesse una. Come aveva fatto a diventare tutto tanto strano e così in fretta? "E non devi scusarti. Per nulla." Sospirò. "Il medico crede che sia un'otite, ma Daisy dovrebbe stare meglio presto. La terranno d'occhio per un po' per far abbassare la febbre. Sappi comunque che non riuscirò mai a sdebitarmi per esserti presa cura di lei. Ti devo un favore."

Lei gli rivolse un sorriso accennato, consapevole che non le arrivava agli occhi, ma non poteva forzarlo. "Sono felice di sapere che starà bene. E non mi devi niente, gli amici servono a questo."

È questo che fai per le persone che ami, pensò, ma non

lo disse. Lo salutò con un cenno imbarazzato della mano e si voltò, lasciandolo tutto rasato in corridoio, a tenerle il cuore in mano come se non sapesse cosa farsene. Andava bene così, nemmeno lei sapeva che farsene.

Adrienne temeva che, dopo quel giorno, non lo avrebbe mai capito.

CAPITOLO SEDICI

Le volte in cui un uomo capiva di essere un idiota erano molte. Mace era stato costretto a rendersi conto che quelle occasioni erano più numerose di quanto pensasse, il tutto grazie al modo in cui aveva reagito tre giorni prima.

Tre giorni prima, aveva spezzato il cuore della migliore amica.

Tre giorni prima, era riuscito a spezzare anche il proprio.

Mace si passò il rasoio sul viso sopra la schiuma da barba e sospirò mentre lo sciacquava nel lavandino. Odiava radersi: d'inverno preferiva portare la barba lunga, ma non riusciva a guardarsi allo specchio e vedere la barba senza pensare a lei.

Era un pessimo migliore amico, un pessimo uomo

e non sapeva come agire al riguardo. Sapeva di non poter *muoversi* da lì con la schiuma da barba su metà faccia mentre era in bagno con indosso solo un asciugamani, così si rasò con calma e cercò di rimettere in ordine i pensieri.

Daisy dormiva, nell'ultimo paio di giorni aveva passato la maggior parte del tempo a letto da quando le era stata diagnosticata l'otite. Per fortuna la febbre era scesa presto ed era la malattia a farla dormire. Il giorno dopo avrebbe dovuto stare meglio e sarebbe potuta tornare a scuola, dato che sentiva già la mancanza di amici e insegnanti. Per quando sarebbe tornata, ci sarebbe stato il ponte del Ringraziamento: erano già stati invitati dai genitori di Mace, che era felice di non dover cucinare. Le sorelle sarebbero arrivate da Denver e forse avrebbero portato un paio di amiche che erano parte del gruppo principale. Per lo meno, qualcosa era pianificato.

Mace si era preso due giorni dal lavoro perché Shep e Adrienne avevano insistito. Loro e Ryan avevano detto che l'avrebbero sostituito e che si sarebbero assicurati che al negozio andasse tutto liscio, in modo che lui potesse occuparsi di Daisy. Doveva tornare al lavoro e guadagnare, ovviamente, ma era grato di avere quel tempo non solo per stare con Daisy, ma anche per rimettere in ordine i pensieri quando si trattava di Adrienne.

Aveva capito di aver sbagliato nel momento in cui lei era uscita da casa sua. Lo aveva *capito*, ma non l'aveva inseguita perché non era sicuro di meritare perdono per quelle parole. Onestamente, anche perché era un gran codardo.

Lei gli aveva detto di amarlo e lui non le aveva risposto. Non aveva nemmeno saputo che pensare finché lei non era uscita dalla porta, ma le sinapsi di Mace avevano finalmente ricominciato a lavorare. Non riusciva a credere che Adrienne si fosse messa a nudo mentre lui la allontanava e pensava di proteggere la famiglia. Ma non stava proteggendo Daisy, non proprio. Addi non si meritava affatto la mancanza di fiducia che lui aveva verso la loro relazione in generale. Mace si fidava di lei, eccome, più di chiunque altro: voleva che fosse la donna nella vita di Daisy ma, all'improvviso, non sapeva come reagire. Non era colpa di Adrienne, solo di Mace e di Jeaniene.

Mace aveva avuto tanta paura di ferire di nuovo la figlia che aveva fatto del male all'unica persona di cui avrebbe dovuto importargli più di tutto. Loro due ne avevano passate tantissime e lui aveva passato quasi tutta la vita adulta con lei accanto e la certezza di poterci contare. Non erano solo conoscenti, erano migliori amici e non si trattava solo di parole o titoli.

Appena l'aveva baciata, appena aveva fatto l'amore con lei sul mobiletto del bagno, non era più stato solo un amico. Se aveva fatto quella promessa di non ferirla come amico, avrebbe dovuto assicurarsi di mantenerla anche quando fossero stati qualcosa in più.

Doveva andare da lei. Doveva umiliarsi e implorare che lo perdonasse. Per quanto Adrienne avesse detto che lo avrebbe aspettato, Mace non sapeva se sarebbe stato davvero così, non perché non si fidasse della parola di Adrienne, ma perché non gliene avrebbe fatta una colpa se si fosse allontanata da qualcosa di cui *lei* non poteva fidarsi.

I genitori sarebbero arrivati più tardi per stare con Daisy mentre lui faceva delle commissioni, ma Mace aveva la sensazione che non sarebbe andato solo a fare la spesa. Sapeva che Adrienne non lavorava quella mattina e che dopo sarebbe andata a un appuntamento più tardi del solito. Lui avrebbe dovuto essere al lavoro, ma Ryan gli aveva coperto il turno, in modo che Mace potesse stare con Daisy. Sarebbe stato per sempre grato agli amici, ma in quel momento doveva capire cosa avrebbe detto all'unica donna di cui gli importava più di tutto. Forse doveva cominciare con quello, perché lei gli aveva detto di amarlo e lui non aveva risposto.

La amava?

L'aveva amata come amica per anni, ma sapeva che non era lo stesso, per nulla come quello che lei gli aveva rivelato in salotto.

Il fatto era che, però, Mace poteva vedere Adrienne nella propria vita come qualcosa di più di un momento passeggero: poteva immaginarla anche nella vita della figlia.

Perché non riusciva a dirlo? Non lo aveva mai confidato a qualcuno che non fosse parte della famiglia, ma nessuno era stato tanto importante. Addi era sempre stata qualcosa in più, era sempre stata nella sua vita, era sempre stata tutto per lui. Qualcuno aveva messo in dubbio che potessero essere solo amici senza chimica sessuale, affermando che, evidentemente, stavano cuocendo a fuoco lento.

Quando erano stati con altre persone, Mace era sicuro che non ci fosse quella connessione con Adrienne. Non aveva sentito desiderio per lei e sapeva di non aver provato per lei quello che sentiva in quel momento quando Adrienne era con l'ex. Forse il tempo poteva cambiare i sentimenti.

Chiuse gli occhi e cercò di pensare a come sarebbe stata una vita senza di lei: non riusciva nemmeno a concepirla, perché lei era parte di ogni aspetto della sua esistenza e del suo cuore.

"Cazzo. La amo."

Mace era più che un idiota, era un fallito che meritava più della sfuriata che avrebbe potuto ricevere quando l'avrebbe rivista. La amava e l'aveva lasciata andare perché aveva paura. Non importava che fosse rimasto segnato da un'altra, perché non era stata Addi. Mace avrebbe dovuto fidarsi dei propri sentimenti quando si trattava di lei, senza lasciarsi annebbiare il giudizio.

Non sarebbe dovuto restare in camera con addosso solo i boxer a pensare fra sé invece di dirlo a lei. Indipendentemente da quello che pensava Mace, se non avesse trovato il coraggio di dirglielo in faccia, non sarebbe importato, dato che era stata lei a confidarsi per prima. Adrienne aveva palle d'acciaio, più di quello che poteva sperare di avere Mace.

Aveva bisogno di vederla.

Aveva bisogno di lei.

Era semplice.

Anche se niente lo era.

Si vestì in fretta e vide che i genitori erano arrivati per occuparsi di Daisy. Sapeva che avrebbe dovuto parlare con loro e con la bambina di quello che sarebbe potuto succedere, ma per il momento doveva concentrarsi su Addi. Daisy sarebbe sempre stata al primo posto, ma quello non significava che Addi non potesse essere al secondo.

I genitori lo guardarono curiosi mentre Mace scappava praticamente da casa e saltava sul pick-up. Non sapeva se l'amica fosse in casa, ma credeva di trovarla lì dato che lei aveva la tendenza a fare le pulizie quando voleva solo pensare.

L'auto di Adrienne non era nel vialetto quando Mace arrivò, ma ovviamente poteva essere in garage come sempre. Mace spense il motore e fece un respiro profondo, la mente gli si svuotava perché non riusciva a pensare a cosa diamine dirle. Non era mai stato bravo con le parole, non aveva mai dovuto esserlo: aveva sempre trasmesso quello che sentiva con la propria arte e con il suo modo di prendersi cura di chi aveva intorno. Di certo non si era preso cura di Addi quando avrebbe dovuto e in quel momento doveva chinare la testa.

Se Addi avesse voluto prenderlo a calci, Mace glielo avrebbe permesso. Non l'aveva ancora portata fuori in pubblico per un cavolo di appuntamento perché lei era stata molto comprensiva riguardo al tempo che lui voleva passare con Daisy. Avevano passato un mese di notti bollenti, scappatelle veloci e segrete e volte in cui stavano insieme come se non ci fosse nulla di più normale.

Era un bastardo e, se Adrienne lo avesse perdonato, Mace avrebbe fatto tutto quello che poteva per assicurarsi di meritare l'amore che lei gli aveva dato. Doveva solo smettere di dirlo a se stesso e confessarlo a lei. Adrienne meritava appuntamenti, fiori e gesti eclatanti.

E li avrebbe avuti.

Mace uscì dal pick-up e si chiuse lo sportello alle spalle. Suonò il campanello e pregò che Adrienne fosse in casa, poi si mise in ginocchio. Se doveva strisciare, intendeva farlo per bene.

Lei aprì la porta e aggrottò la fronte. "Che fai, Mace?"

"Non avevo dei vetri rotti, ma se vuoi che mi inginocchi su quel vetro che hai davanti, obbedirò. Farà male, ma mi merito un'agonia peggiore che stare in ginocchio sul portico."

"Mace."

"Mi dispiace tantissimo, Addi. Ti ho detto mille volte che sei la mia migliore amica e che, costi quel che costi, non avrei voluto farti del male. E come è andata a finire? Pensavo di poter proteggere quello che avevo, invece ho finito col ferirti. Non te lo meritavi, non meritavi quello che ti ho detto e che ti ha sicuramente fatto malissimo. Hai detto di amarmi e io ti ho lasciata uscire da casa mia. Mi fido di te, mi fido con tutta l'anima e tutto me stesso. Ti affiderei la vita di mia figlia, ti affiderei la *mia*, di vita. Non avrei dovuto scaricarti le mie insicurezze sulle spalle, non avrei dovuto lasciare che quello che è successo con Jeaniene si riflettesse su di te, non lo meritavi. Meritavi che ti dicessi esattamente quello che provo, invece di quello di cui ho paura. E non avrei dovuto aspettare tanto per venire alla tua porta e chiederti di perdonarmi."

A quel punto, Adrienne piangeva e Mace non poté fare a meno di alzarsi e asciugarle le lacrime.

"Mace."

"Mi dispiace. Mi sarei inginocchiato e avrei implorato perdono al negozio o ovunque volessi in pubblico, ma non potevo aspettare che tu fossi al lavoro. Dovevo vederti. Sarei dovuto venire prima, ma sapevo che ti serviva spazio. Ti serviva tempo per fare i biscotti e pulire la casa per rimettere in ordine i pensieri, così come a me serviva tempo per togliere la testa dalla sabbia e capire che mi ero innamorato perdutamente di te, Adrienne Montgomery, tanto da non sapere come vivere senza di te. Sei stata la mia migliore amica negli ultimi anni, anzi vorrei averti conosciuta quando eravamo ragazzini, così avrei potuto dire che sei stata la mia roccia per molto più tempo. Ma ti amo. Amo il modo in cui sorridi. Amo come metti tutto quello che hai in tutto quello che fai. Amo il fatto che metti sempre la famiglia al primo posto. Amo il fatto che tu non abbia paura di quello che pensa la gente del tuo lavoro, dei tuoi tatuaggi, dei capelli o di scemenze del genere. Amo che tu abbia rischiato aprendo il negozio e che tu abbia avuto tanta fiducia in me da volermi al tuo fianco. Amo che tu abbia rischiato con me e amo anche il fatto che, anche se stavi male, hai aiutato la mia bambina. Perché sei fatta così. Avrei dovuto sapere che, indipendentemente da quello che succedeva fra noi, avresti sempre messo Daisy al primo posto. Perché questo è il tipo di donna che sei. Lo avresti fatto per Livvy, tuo fratello o le tue sorelle, perché questa è la tua forza. Sono onorato di chiamarti amica. Sono onorato di chiamarti amante. Sono onorato soprattutto dal fatto che mi ami e spero anche che mi lascerai amarti."

Adrienne rimase in silenzio tanto a lungo che Mace temette di aver detto troppo o non abbastanza. Le aveva rivelato esattamente quello che provava, ma non riusciva comunque a mettere in parole la profondità del bisogno che aveva di lei.

Prima che lui potesse continuare, Adrienne gli mise le dita sulle labbra e sorrise. "Queste sono state le parole più belle che tu mi abbia mai detto, Mace Knight. Ti conosco da abbastanza tempo da averne sentite altre fantastiche da te. Perché *tu* sei fatto così e per quanto io ami il fatto che tu ti sia messo in ginocchio per supplicarmi, non ho bisogno che tu lo rifaccia in pubblico. Non ho bisogno che ti prostri e che qualcuno abbia una brutta opinione su di te per quello che succede fra noi. Ti amo molto più di così. E il fatto che mi ami e che ti è dispiaciuto col cuore rimedia a tutto quello che hai detto l'altra sera, o a ciò che non hai detto. Supplichi bene, Knight, molto bene."

Quando lei lo prese per un braccio, Mace la seguì in casa e si chiuse la porta alle spalle. La baciò, perché non riusciva più a trattenersi e a negare il desiderio che provava per lei, per quelle labbra, quel sapore, lei. Adrienne gli prese il viso fra le mani, poi fece un passo indietro e aggrottò la fronte.

"Che c'è?" chiese lui, senza fiato.

"Perché ti sei rasato?"

La baciò di nuovo e le morse il labbro. "Perché ogni volta che mi guardavo allo specchio e vedevo la barba, pensavo a te, a come ti piacesse accarezzarla, a come avessi detto che ti faceva voglia di sederti sulla mia faccia. Mi sono ricordato il modo in cui mi sei venuta sulla lingua quando ti ho passato la barba sulle cosce e sapevo di non poterla guardare senza pensare a te."

Adrienne si sventolò. "Beh, allora credo che dovremo vedere come te la cavi senza."

Lui rise e la baciò con impeto. "Vedremo. Se non

sono all'altezza dei miei giorni barbuti, posso sempre farla ricrescere."

"Perché sei un uomo generoso."

"Certo che sì."

Adrienne lo portò in camera da letto e lui la baciò, sentiva la mancanza di quel sapore. All'inizio furono dolci, si spogliarono lentamente mentre facevano di nuovo conoscenza l'una con il corpo dell'altro. Non erano passati anni dall'ultima volta, ma era passato abbastanza tempo perché Mace volesse memorizzare di nuovo ogni centimetro di lei. Gli era mancata e non se lo sarebbe mai perdonato.

Addi gli baciò la tempia prima di allontanarlo. "Fermo."

Lui si immobilizzò. "Che c'è? Ti ho fatto male?"

Lei alzò gli occhi al cielo. Erano nudi in camera da letto e lei alzava gli occhi al cielo. Quella era la Addi che Mace conosceva e che gli era mancata. "Certo che no, ma stai pensando a come ti sei comportato e a quanto ti senti in colpa, stai rovinando il momento. Perché non vai a stenderti e a riflettere, non su pensieri a caso ma su quanto sono sexy, per favore? Dopodiché ti farò tutto quello che voglio."

Mace la baciò con foga prima di sdraiarsi a letto. "Beh, dato che me l'hai chiesto per favore... vieni qui e fatti baciare. Mi sei mancata."

Lo sguardo di Adrienne si riempì di calore e obbedì subito. "Anche tu mi sei mancato."

Si baciarono e leccarono, fecero vagare le mani l'una sul fisico dell'altro. Lui le strinse il seno, poi le fece scivolare una mano tra le gambe e la trovò calda e pronta. Lei gli passò una mano sull'uccello, lo strinse, poi lo accarezzò con calma mentre si conoscevano di nuovo. Quello che era cominciato in modo dolce e lento divenne presto rapido e appassionato.

Mace era sopra di lei, le scivolava nel calore umido mentre gli sguardi si incontravano. Adrienne aprì la bocca e lui ondeggiò dentro e fuori da lei, la passera gli si stringeva intorno mentre lui si allontanava, come se lei avesse bisogno di Mace il più vicino possibile. Dato che per lui era lo stesso, si eccitò ancora di più.

Adrienne sollevò i fianchi, gli andò incontro mentre si univano e sospirò. "Devi andare più in fretta," sussurrò. "Ho bisogno di *te*."

Allora lui si mosse, sempre più veloce finché non ansimavano, nella stanza si sentiva solo il rumore del sesso, della brama e di tutto ciò che erano Mace e Addi. Lei si inarcò verso di lui, gli venne con forza sull'uccello e lui la seguì, riempiendola fino a tremare. Mace capì di aver bisogno di tempo per riprendersi prima di prenderla di nuovo.

Perché avrebbero fatto ancora l'amore, ancora e

ancora, per tutto il tempo che Adrienne avrebbe voluto: si appartenevano l'un l'altra e Mace non lo avrebbe mai dimenticato. Non di nuovo.

"Ti amo," le sussurrò. "Tantissimo."

Adrienne aveva le lacrime agli occhi e gli prese il viso tra le mani. "Ti amo anch'io, vecchio."

Poi Mace la baciò di nuovo e scoprì che gli serviva meno tempo del previsto. Addi sembrava aver quel tipo di effetto su di lui.

Mace non lo avrebbe mai dimenticato.

CAPITOLO DICIASSETTE

Adrienne gettò la testa all'indietro e si inarcò verso Mace che si muoveva dentro di lei. Si era messa a quattro zampe e stringeva le lenzuola con le mani mentre lui spingeva dentro e fuori. L'aveva già fatta venire con la bocca due volte sul bordo del letto, poi un'altra volta mentre era sopra di lei, poi l'aveva spostata in modo da poter giocare con il sedere e strofinare via il dolore con un massaggio lento mentre la scopava.

Le scivolarono i capelli sulla schiena e Mace li strinse nel pugno. Era talmente grande e forte che la faceva allargare con ogni spinta, Adrienne non poteva fare a meno di muoversi con lui perché sapeva anche lei di dare quanto prendeva.

Quando lui la tirò per i capelli, lei lasciò che la

spostasse verso di sé in modo da farsela aderire al petto con la schiena, poi la scopò mentre erano entrambi in ginocchio sul letto. Mace le teneva una mano tra i capelli, con l'altra giocava con il seno, mentre lei allungò un braccio per schiacciarsi ancora di più contro di lui.

"Vieni, Addi. Sto per scoppiare e ho bisogno che mi strizzi. Sei dannatamente brava."

Lei rise, ma voltò la testa per baciarlo. "Ah sì? Quanto ci sei vicino?"

"Toccati quel cazzo di clitoride, Addi, o lo tocco io per te. So benissimo che sei già troppo sensibile lì. Vuoi essere tu a darti un orgasmo? O vuoi che ti torturi e la tiri per le lunghe, così il tuo bottoncino ti farà ancora più male?"

Adrienne non aveva idea di come rispondere perché entrambe le opzioni erano molto eccitanti ma, dato che le piaceva il modo in cui Mace reagiva quando lei si toccava, si fece scivolare una mano sullo stomaco e si sfiorò il clitoride. Mace aveva ragione: lei era talmente sensibile dopo tanti orgasmi in quindici ore che quasi provava dolore, ma venne subito. come se lui avesse premuto un magico bottone mitico che la mandava in estasi.

Urlò il nome di Mace e lui urlò quello di lei mentre la riempiva, l'uccello le si contrasse dentro mentre lui si svuotava. Adrienne non lo aveva mai trovato tanto sexy.

"Bel modo di dire buongiorno," la prese in giro Mace, mentre erano stesi l'uno di fronte all'altra dopo essere caduti sul letto.

"Il migliore. Dovremmo farla diventare un'abitudine," disse Adrienne, felice e con le membra pesanti.

Mace si sporse a baciarla. "Ottima idea, mia Addi. Ottima idea."

Dato che era il suo Mace, il suo migliore amico, Adrienne gli credette.

"Allora, tu e Mace?" le chiese il padre, che fissava il caffè.

"Io e Mace...?" Adrienne si appoggiò allo schienale della sedia e studiò i genitori, che guardavano lei o il caffè dopo che la figlia aveva detto che, da quel momento, lei e Mace erano una coppia. Uscivano insieme, si definivano ragazzo e ragazza e discutevano del futuro. Non si accennava al matrimonio o a roba del genere. perché erano appena agli inizi della relazione e dell'essere innamorati. Ci sarebbe stato tempo per parlare del futuro più in là, perché Adrienne sapeva che ne avrebbero avuto uno. Aveva già detto alle sorelle che lei e Mace stavano ufficialmente insieme. Non erano state proprio entusiaste del fatto che lui l'avesse ferita, ma dopo che lei aveva raccontato di come si era umiliato, le sorelle si erano aperte.

I genitori, invece... Adrienne non era sicura di come avrebbero reagito. Ma non voleva più nascondere nulla. Doveva essere aperta e diretta, forse non su quello che succedeva dietro una porta chiusa, ma almeno all'idea dell'impegno e tutto il resto. Si costrinse a non arrossire pensando esattamente a cosa accadeva con Mace dietro quella porta chiusa e cercò di non agitarsi sulla sedia, dato che era ancora un po' indolenzita; ma non fu sicura di esserci riuscita quando la madre le rivolse un inquietante sguardo d'intesa.

Basta così.

"Certo che sì, tesoro. Lo sappiamo da un po'." La madre sorrise e il padre cominciò a ridere.

"Che cosa?" chiese Adrienne, che mise giù la tazza. "Lo sapevate già? Io ero pronta ad affrontare l'Inquisizione e voi lo sapevate già."

"Certo che lo sapevamo, tesoro," le disse il padre con un sorriso. "Siamo i tuoi genitori, sappiamo tutto. Non te ne sei mai accorta, da piccola?" Le fece l'occhiolino e Adrienne si prese la testa fra le mani con un lamento. Per fortuna, i suoi non l'avevano interrogata e lei riuscì a godersi il caffè prima di salutarli e andare al negozio. Voleva iniziare prima per sistemare dei documenti, ma gli altri sarebbero arrivati più tardi.

Ovviamente, la giornata non sarebbe continuata bene perché, appena parcheggiato, vide delle nuove scritte sul muro. Qualcuno aveva aggiunto altri graffiti, quella volta usando forme casuali e lettere che non creavano parole vere. Adrienne non si sentì sconfitta, nemmeno triste. Nessuna lacrima né stretta allo stomaco.

No, quella volta era maledettamente incazzata.

Chiunque pensasse di farla scappare si sbagliava di grosso. La MIT avrebbe ripulito tutto e sarebbe andata avanti, quell'attività non sarebbe fallita per colpa di qualche imbecille. La squadra era più che talentuosa e chiunque non lo pensasse poteva andarsene al diavolo. Chiamò la polizia e l'assicurazione senza scendere dall'auto, di nuovo, per non restare fuori al freddo; poi mandò un messaggio a Mace perché venisse al negozio ad aiutarla a pulire. Ryan era fuori città e quel giorno Shep avrebbe passato la mattina con Livvy, dato che per Shea cominciava il periodo delle dichiarazioni dei redditi e doveva prepararsi.

Adrienne fece un respiro profondo e ruotò le spalle. Shep e Mace avevano detto che quel gesto era il suo modo di mettere l'armatura per spaccare culi: in quel momento, avevano ragione, perché il tizio che era andato al negozio il primo giorno per sminuire il successo della MIT poteva andarsene al diavolo, così come tutti quelli che avevano cercato di farli affondare.

Non conoscevano i Montgomery.

Era uscita dall'auto e stava andando verso il negozio, quando Thea e un uomo che non conosceva uscirono da Colorado Icing, la pasticceria della sorella di Adrienne. Thea aveva la fronte corrugata e un'altra macchia di farina fra i capelli (che la rendeva adorabile, anche se lei odiava non essere in ordine al lavoro).

"Di nuovo?" disse e scosse la testa. "Hai già chiamato la polizia o vuoi che ci pensiamo noi? Dannazione. Sono infastidita io per te."

"Lo sono anche io." Adrienne guardò l'uomo. "Ciao, io sono Adrienne, sorella di Thea e proprietaria di questo negozio." Indicò col pollice alle proprie spalle e cercò di non lasciare che la vista della vernice e della confusione le facessero ancora più male. *Non* si sarebbe tirata indietro.

"Oh, Adrienne, lui è Dimitri," disse Thea e agitò le mani. "Credevo vi foste già conosciuti, mi spiace."

Dimitri aveva appena divorziato da Molly, l'amica di Thea, di cui era amico anche lui. Sì, Adrienne lo aveva già incontrato, ma solo un paio di volte e, evidentemente, non ricordava quanto fosse attraente. Era tutto barbuto e misterioso, a ripensarci aveva dei tatuaggi che lei aveva ammirato.

"Sì, mi dispiace. Ciao, Dimitri. Evidentemente, oggi non ci sto con la testa."

Lui sorrise e inclinò il capo. "Ciao. Sì, mi ricordo di te, anche se è passato un paio d'anni. Thea mi stava raccontando tutto quello che era successo al negozio. So che probabilmente non posso aiutarti molto, ma vuoi che venga con te dentro e controlli se ci sono altri danni?"

Adrienne scosse la testa mentre lui parlava. "La porta sembra a posto, credo sia come l'altra volta, con la vernice solo sulla facciata. Andrò a controllare dentro, ma andrà tutto bene." Sollevò le chiavi che aveva tra le dita. "Ho imparato a camminare con le chiavi in mano tempo fa."

"Beh, facci sapere se hai bisogno di noi," disse Dimitri, mentre Thea la abbracciava.

"Sul serio. Se vuoi una ciambella o qualcos'altro vieni da me. Voglio che prendano chiunque abbia combinato questo casino."

"Lo so, lo voglio anche io. Spero che la tua attività non ne risenta." Adrienne aveva conosciuto tutti i proprietari della zona da quando avevano iniziato i lavori più di un anno prima, ma la priorità era sempre Thea, con Abby e il negozio di tè subito dopo.

"L'attività va bene," disse Thea, che si passò una mano tra la farina nei capelli. "Stai attenta, Dopo vieni per una cioccolata calda, mi manca vederti." La abbracciò di nuovo prima di sussurrare, "E voglio altri dettagli su Mace, per favore."

Adrienne rise e salutò Dimitri con la mano mentre loro tornavano alla pasticceria. Non poté fare a meno di notare come camminassero vicini e si parlassero come se avessero fatto quella passeggiata mattutina un sacco di volte. Si chiese *cosa* ci fosse dietro, ma sapeva non solo che non erano affari suoi, ma anche che doveva entrare nel negozio prima di congelare. Avrebbe aspettato lì i poliziotti. Gli altri negozi non avrebbero aperto prima di un'altra ora, per cui la zona era piuttosto vuota, ma non le dispiaceva. Significava che c'era meno gente con cui avere a che fare e che avrebbe visto la facciata dell'edificio.

Persino mentre entrava nel negozio e faceva attenzione a non toccare la vernice o altro, non poteva evitare di chiedersi se non avesse sentito una sorta di energia tra la sorella e Dimitri. Probabilmente era perché erano molto belli e avevano una chimica forse relativa all'amicizia, ma Adrienne poteva sempre domandarselo. Certo, se *fosse* successo qualcosa, sarebbe stato un casino di proporzioni epiche, tenuto conto di come si erano conosciuti.

Adrienne stava per accendere le luci e dare un'occhiata in giro, quando una mano le coprì la bocca. Si immobilizzò per un attimo, consapevole di aver commesso un errore stupido.

"Ti avevo detto di *andartene*," sbottò l'uomo alle sue spalle. "Stai *rovinando* la nostra comunità. Perché non lo capisci? Se distruggere la tua attività non ti manderà via, allora devo distruggere te."

Le strappò i capelli, per poi tirarla di lato e spingerla contro il muro. Adrienne urlò, si voltò e gli tirò un pugno. Lo colpì alla mascella e gli scavò nella carne con le chiavi. L'uomo gridò, il sangue gli colò sul viso e sul completo pulito: era il tizio che si era presentato alla MIT il primo giorno, quello che li aveva minacciati e poi sembrava scomparso. Ma se era lì in quel momento forse non era mai stato molto lontano.

"Puttana!"

Adrienne era veloce, ma lui lo era di più. La prese per un braccio al punto da lussarglielo e lei inspirò in preda al dolore, che le aveva fatto risalire la bile in gola e sulla lingua.

"*Fottiti*." Adrienne tirò via il braccio e sentì altro dolore, ma lo ignorò. Non aveva idea di che problemi avesse quell'uomo, ma *sapeva* che, se non fosse fuggita di lì, non sarebbe mai uscita dalla MIT viva.

"Dovevi andartene," urlò l'uomo. "I graffiti dovevano spaventarti. Gli altri avrebbero dovuto allontanarti, non volerti vicina, non dovevano stringersi tutti intorno a te. Poi la polizia doveva farti chiudere, così come il dipartimento di igiene. Ma sei arrivata in cima scopandoteli tutti, vero? Perché è l'unico modo che avevi per superare quelle barriere. Te li sei scopati per arrivare dove volevi. Hai usato quei fianchi, le tette e il culo e ora stai *rovinando* il nostro buon nome in questa parte della città."

Adrienne non riusciva a credergli. Quell'uomo voleva che la MIT sparisse perché pensava che desse il cattivo esempio e aveva l'audacia di chiamare Adrienne in quel modo? Di accusarla di usare il suo corpo?

Non solo era pazzo, ma era anche uno stronzo pericoloso che aveva abbastanza potere da farsi ascoltare da qualcuno, o almeno così credeva lui.

L'uomo le si gettò di nuovo addosso, ma lei lo schivò e lo colpì all'addome con la spalla. Purtroppo aveva usato quella ferita ed ebbe un conato, il dolore era troppo forte. Per fortuna non era la spalla dominante, ma Adrienne sapeva che, se non fosse uscita di lì, sarebbe finita nei guai.

Lui le andò di nuovo contro e lei gli diede un calcio nei testicoli con la punta dello stivale. L'uomo cadde in ginocchio, ma allungò comunque una mano verso di lei. L'aveva messa all'angolo ma, se lei gli avesse dato un altro calcio, forse sarebbe riuscita a uscire dall'edificio e chiamare aiuto. Aveva fatto cadere chiavi e telefono dopo il primo pugno e avrebbe volentieri imprecato per quel motivo.

L'uomo fece per buttarsi di nuovo contro di lei, ma in quel momento la porta gli si aprì alle spalle. Era Mace, che aveva un'espressione furiosa sul volto e strinse l'estraneo in una morsa. Adrienne diede un altro calcio nei testicoli all'uomo e, dietro la rabbia, vide l'orgoglio sul viso di Mace.

L'uomo si accasciò nella stretta di Mace, il sangue gli defluì dal volto per quello che doveva essere un dolore atroce. Adrienne non sarebbe rimasta sorpresa di sapere che gli fosse esploso un testicolo. Quello stronzo se lo meritava.

Dimitri e Thea entrarono subito dopo e Dimitri si spinse Thea alle spalle. Adrienne gliene fu grata, anche se la sorella non sembrava molto felice.

Adrienne sentì la scarica di adrenalina affievolirsi e si appoggiò al muro prima di scivolare a terra, con gli occhi su Mace.

"Ehi. Grazie."

"Porca miseria."

Mace tratteneva ancora l'uomo che aveva cercato di distruggere i sogni di Adrienne e che l'aveva ferita, ma tutto quello a cui lei riusciva a pensare era che era fortunatissima a non essere sola.

"Ho reagito."

Mace le rivolse un sorriso, uno piccolo, ma era abbastanza per farla rilassare. "Sì, è vero."

"Ma grazie per avermi salvata comunque," aggiunse lei. Mace non rise, ma Adrienne non credeva che ne fosse in grado.

"Ho chiamato la polizia," disse Thea, che andò dalla sorella. "Stavano già venendo qui per gli atti vandalici, per cui ora forse arriveranno più in fretta. Credo che serva anche un'ambulanza." Non toccò Adrienne, ma era abbastanza vicina da confortarla. Adrienne non era sicura di poter sopportare un contatto: le facevano male la spalla e la testa dove l'uomo le aveva tirato i capelli.

Dimitri andò ad aiutare Mace, poi subito dopo arrivò Abby, che si sedette accanto ad Adrienne. Odorava di tè, mentre Thea di zucchero e cioccolato: Adrienne non riusciva a immaginare un posto migliore in cui essere che non fosse tra loro due, oltre all'abbraccio di Mace.

Quando arrivarono i poliziotti, esaminarono la scena e Adrienne capì che la situazione sarebbe finalmente tornata alla normalità, per quanto potesse essere *normale* quando si trattava di Montgomery.

Si ricordò che aveva reagito. Aveva vinto e la presenza di Mace era la ciliegina sulla torta.

"Mamma, sto bene, smettila di assillarmi." Adrienne si appoggiò al fianco di Mace, la spalla sana contro la pelle soda di lui. Daisy era seduta in braccio al padre e di tanto in tanto si spostava per baciare la bua di Adrienne. Si era innamorata di quella bambina e non se ne era nemmeno resa conto, ma avrebbero avuto tempo per capire tutto.

"Hai dovuto mettere una fascia per la spalla e sei piena di lividi perché quel bastardo ti ha buttata contro un muro." La madre di Adrienne fece una smorfia, poi guardò Daisy e Livvy, la nipotina, che si nascondeva dietro le gambe di Shea perché quel giorno si sentiva timida. "Scusa, sono furiosa. Non ascoltarmi quando dico le parolacce, tesoro."

Daisy sorrise timida prima di accoccolarsi contro Mace e allungare una mano per giocare con i capelli di Adrienne.

"La spalla sarà guarita tra un paio di settimane. Posso ancora lavorare, non quanto vorrei, ma c'è molto lavoro amministrativo che posso sbrigare, mentre del resto si occupano i ragazzi. Non mi sono strappata o rotta niente, mi tira solo un po' la spalla." Avrebbe voluto dire di più, ma con Daisy presente temeva di spaventarla.

"Ehi, Daisy, mi fai vedere la nuova scatola dei giochi?" chiese Roxie. "Non l'ho vista prima che te la portassero. Vuoi venire anche tu, Livvy?"

Daisy annuì e saltò giù dal grembo del padre, prima di prendere Roxie per mano e lasciare la stanza. Livvy aveva preso l'altra mano della zia e nella stanza erano rimasti solo adulti, che potevano parlare liberamente di quello che era accaduto.

"Non riesco ancora a credere che sia successo," disse Thea. "Io e Dimitri ci sentiamo malissimo, eravamo *lì* e non ce ne siamo accorti finché non abbiamo visto Mace correre. Mi dispiace tantissimo che non siamo arrivati prima."

"Avreste potuto farvi male anche voi. Sto bene, il negozio è a posto e Isaac Crawford è dietro le sbarre. O ci sarà quando gli avranno sistemato il testicolo lacerato."

Il fratello, il padre e Mace fecero una smorfia, mentre Shea, Thea e la mamma si diedero il cinque. Erano assetate di sangue quanto lei e Adrienne approvava.

"È stato uno stronzo," cominciò Shea. "Uno stronzo ricco a cui non piaceva l'idea di uno sporco negozio per tatuaggi nella sua preziosa strada pulita."

Sbottò, Shep le mise un braccio intorno alle spalle e le baciò i capelli.

"Più o meno," intervenne Mace. "Evidentemente, mentre urlava che gli sanguinavano le palle (ahia, comunque), ha confessato tutto alla polizia."

Adrienne ringhiò. "Ha assoldato qualcuno per danneggiare l'edificio e usato conoscenze per chiamare il dipartimento di igiene e cercare di farci chiudere. Non immaginava che un negozio di tatuaggi e piercing rispettabile fosse più pulito di molti altri edifici. *Deve* essere così, il nostro è pulitissimo, grazie mille."

"Ha anche chiamato la polizia con una finta denuncia per droga? O ha assunto qualcuno?" chiese Thea, con le braccia incrociate.

"È stato lui, ha detto alla polizia che aveva assunto qualcuno per altre faccende, ma non pensava che fosse illegale assicurarsi che non ci fossero droghe in questa bella comunità per famiglie." Adrienne alzò gli occhi al cielo. "Che idiota. È una scocciatura avere a che fare con le false accuse."

"Si è permesso di comportarsi così perché aveva una base fin troppo sicura, pulita e ordinaria per essere leader della comunità.," aggiunse Mace. "Non sapevamo chi fosse perché non è un leader della *nostra* comunità, ma evidentemente è un pezzo grosso."

"Non mi importa quanto sia conosciuto. L'hanno

perso e potrebbe perdere una palla. Fanculo." A quelle parole, Adrienne annuì e, ancora una volta, gli uomini fecero una smorfia. Avrebbero dovuto abituarsi perché lei era dannatamente fiera di quel calcio, anche se non aveva mai avuto tanta paura.

Ok, forse aveva avuto più paura quando Daisy era malata, ma quella era un'altra storia.

Parlarono dei programmi futuri e di organizzare un'altra festa di apertura per celebrare la sopravvivenza alle stronzate di Crawford. Avrebbero cercato di cancellare la macchia che quell'uomo e la sua idea di *pulito* e *sicuro* avevano causato all'edificio.

Adrienne ascoltò distratta le persone che amava parlare dei suoi sogni e del negozio e si appoggiò a Mace, consapevole di essere al sicuro. Aveva l'uomo che amava, un futuro su cui contare, una famiglia che si preoccupava per lei e un'attività in proprio.

Alla fine, Adrienne Montgomery era fortunata, nonostante la fasciatura.

"Ti amo," le sussurrò Mace. "Tantissimo."

Lei alzò gli occhi e gli sorrise. "Ti amo anch'io."

Il coro di *oooh* che seguì le fece alzare gli occhi al cielo e piegò la testa mentre la famiglia rideva. Certi lati della vita non cambiavano mai e la famiglia che la imbarazzava perché le voleva bene era uno di quelli.

Non l'avrebbe cambiata per niente al mondo.

CAPITOLO DICIOTTO

"Così, muoviti contro di me, fammi vedere come mi scopi. Prendilo tutto." Mace ringhiò sottovoce mentre Adrienne si metteva carponi davanti a lui e si scopava con l'uccello di Mace. Era dannatamente sexy quando stava a quattro zampe e lui sapeva che avrebbero dovuto svegliarsi per molto tempo o in quella posizione o in una simile.

"Sto tremando, sbrigati a farmi venire, altrimenti faremo tardi."

Mace sorrise al tono di Adrienne, che era al punto in cui le sarebbe bastato solo un tocco sul clitoride per venire. Mace non ci pensò due volte e la guardò mentre gli esplodeva sull'uccello. Adrienne abbassò il viso sul materasso, esausta, lui le affondò le dita sul sedere e pompò con forza, poi venne subito: amava la sensazione di averla intorno all'uccello.

Quando collassò accanto a lei, Adrienne gli diede una pacca svogliata sul fianco. "Bella partita, Knight. Bella partita."

Mace rise e la baciò la spalla nuda. "Più tardi rivedremo i momenti migliori. Per adesso, dobbiamo fare la doccia."

"Separatamente o faremo davvero tardi."

"Devo anche assicurarmi che Daisy sia sveglia e pronta." Erano a casa di Mace, dove di recente erano stati spesso. Adrienne si era praticamente trasferita, ma Mace pensò di chiederglielo ufficialmente molto presto. Per il momento Daisy si stava abituando ad avere Addi in giro la maggior parte del tempo e a lui piaceva.

Jeaniene telefonava ancora ogni giorno per parlare con Daisy, ma era ancora decisa che i nuovi accordi per l'affidamento fossero la soluzione migliore per tutti. Mace non era certo di come si sarebbe sentita la figlia crescendo ma, dato che non poteva cambiare la situazione, si sarebbe assicurato che Daisy stesse il meglio possibile. Addi lo aiutava in tutto quello in cui lui non riusciva. Erano una squadra e Mace era stato fortunato a rendersene conto prima che fosse stato troppo tardi.

"Abbiamo un accordo, Knight" Adrienne si voltò e

lo baciò prima di correre in bagno. Lui scosse la testa e sorrise. Era sempre pienissima di energia dopo il sesso mattutino, invece si afflosciava e diventava sonnolenta dopo quello notturno. Mace non capiva come potesse esserci una differenza, ma avrebbe imparato, dato che voleva una vita con lei per scoprirlo.

Non era pronto a chiederle di sposarlo, non era ancora pronto a quel cambiamento nella vita di Daisy, ma lui e Addi sapevano che era una certezza. Ne avevano anche parlato: non volevano altri fraintendimenti o sentimenti feriti perché avevano troppa paura di quello che avrebbero potuto dire.

Un giorno, Adrienne si sarebbe sposata con lui e lo avrebbe aiutato a crescere Daisy. Per il momento, si appartenevano l'un l'altra e Daisy si stava abituando ad avere un'altra donna nella propria vita. Piccoli passi, ma importanti.

Quando furono finalmente pronti tutti e tre, erano in ritardo ma ai genitori di Mace non importava. Dato che era il Giorno del Ringraziamento, lui, Addi e Daisy avrebbero mangiato due volte: una volta con la famiglia di Mace e una con quella di Adrienne. Mace aveva la sensazione che, dato che i Knight e i Montgomery erano già legatissimi, prima o poi avrebbero finito per organizzare un solo grande pranzo. Probabilmente ne sarebbe stato grato. Forse mettere le sue sorelle e quelle di Addi nella stessa stanza per troppo tempo non sarebbe stata una buona idea, perché probabilmente avrebbero escogitato piani per la conquista del mondo, ma Mace era felice che andassero d'accordo.

Daisy chiacchierava con i nonni mentre mangiava il tacchino e Mace sorrise attirando Addi a sé.

"Sì?" gli chiese sottovoce.

"Sono felice."

Lei sorrise. "Anche io."

"Siete talmente carini che siete quasi disgustosi, ma vi adoro." Violet sorrise dall'altro lato del tavolo e poi rise. Lei e Sienna erano arrivate da Denver dato che avevano il giorno libero e si erano portate due amiche che conoscevano da una vita, erano sempre state insieme fin dall'università. Mace era felice di quell'amicizia, dato che le sorelle non potevano andare a Colorado Springs ogni giorno o fine settimana come avrebbero voluto.

"Ci proviamo," disse Addi, con gli occhi che le brillavano. "Ci vuole pratica, ma il nostro scopo è essere talmente carini da diventare sciropposi."

Risero tutti e continuarono a mangiare e parlare di tutto e niente. Addi si era tolta la fasciatura un paio di giorni prima e l'indomani sarebbe tornata alla postazione a fare tatuaggi come la donna follemente talentuosa che era. Mace sapeva che lei ne aveva sentito la mancanza nell'ultima settimana, ma doveva guarire; d'altronde, il livido sul viso le era quasi sparito. Quel giorno lo aveva coperto completamente con il trucco per non far preoccupare i genitori, ma Mace era solo felice che sarebbe scomparso presto.

Finirono il primo pranzo e si incappottarono tutti e tre per andare dai Montgomery per il secondo round. Mace era sicuro che, una volta finito, sarebbero usciti rotolando, ma non gli importava. Erano cibo e compagnia ottimi, quello era tutto ciò che contava.

"Sei qui!" Strillò Livvy, che corse dritta da Daisy. Si abbracciarono e saltellarono come se non si vedessero da settimane invece che dal giorno prima. Scapparono tenendosi per mano e Mace rise scuotendo la testa.

"Sai, prima mi salutava così. Adesso non si accorge nemmeno che sono con Daisy." Addi tirò su col naso per finta e Mace le baciò la punta del naso.

"Va tutto bene. Io sono felice che tu sia qui."

"Scemo."

"Sì, siete due scemi, ma è per questo che vi vogliamo bene," disse Thea, che prese i cappotti. "Non so come fate a mangiare due volte, ma buon per voi."

"Credo che dovrò prendere poche patate e meno panini." Addi si morse il labbro. "Ok, lasciamo stare, li adoro e finirò per diventare una palla di lardo, ma non mi importa."

Mace le diede una pacca sul sedere. "Avrò più roba da afferrare."

Adrienne rise, Thea fece finta di vomitare ma rise insieme a loro.

"Hai portato Molly?" le chiese Adrienne, mentre andavano in salotto. Roxie e Carter parlavano con i genitori di Addi; c'era una leggera distanza tra loro che Mace non capiva ma, d'altronde, non li conosceva bene quanto avrebbe dovuto. Fecero loro cenno di avvicinarsi mentre Thea rispondeva.

"No, voleva restare a casa senza festeggiare." Alzò le spalle. "Credo di capirla. Ho quasi invitato Dimitri dato che anche lui è solo e, cavolo, è mio amico tanto quanto Molly, ma non voglio schierarmi; quindi adesso stanno da soli tutti e due e io sto qui con voi."

Mace la abbracciò e lei gli sorrise. "Mi dispiace che tu stia passando una pessima giornata."

Thea gli diede una pacca sul petto e Addi alzò un sopracciglio prima di fare l'occhiolino. "Va tutto bene. Presto sarò piena di cibo e non mi importerà. Sono solo di cattivo umore."

"Altro vino?" chiese Addi. "Il vino aiuta."

"Esatto," concordò Thea, Mace la lasciò andare a riempirsi il bicchiere.

Il padre di Addi diede una birra a Mace e subito tutti bevevano e parlavano delle loro vite e dell'ultima partita dei Broncos. La migliore amica, amante e futura moglie gli si appoggiò contro e Mace sospirò, sapeva che avrebbe sempre ricordato quel momento.

Era scappato da quello che poteva avere e da chi poteva essere perché aveva avuto paura di ferire le persone che amava ma, alla fine, aveva avuto tutto quello che aveva sempre sognato.

Aveva la sua arte, un lavoro, la figlia, la famiglia e la migliore amica.

Si era innamorato di lei molto prima di sapere davvero cosa volesse dire.

Quando Adrienne Montgomery lo guardava con negli occhi con la promessa di scoprire ancora parti di quel segreto negli anni a venire, Mace seppe di essersi innamorato completamente.

Della migliore amica, compagna e donna che un giorno avrebbe avuto al dito il suo anello e sulla pelle altri suoi tatuaggi.

In arrivo... Thea e Dimitri tentano la sorte in Restless Ink (Inquietudine di pelle)

UNA NOTA DI CARRIE ANN

Un immenso grazie per aver letto Sotto pressione. Se ti è piaciuta questa storia, gradirei tanto una recensione! Le recensioni aiutano gli autori *e* i lettori.

Sono onorata che tu abbia scelto di leggere questo libro e che abbia amato i Montgomery tanto quanto me!

Amo questa serie è molto! I prossimi sono Thea e Dimitri!

Significano il mondo per me e sono entusiasta di mostrare la loro storia d'amore. È bollente e dolce e mi ha fatto piangere! Non perdere Inquietudine di pelle!

La serie sui fratelli Gallagher giunge quindi al termine: mi dispiace dovermi separare da questi personaggi, ma forse li incontreremo di nuovo nel mondo della Montgomery Ink, con le serie Montgomery Ink, e I Segreti del whiskey.

Se vuoi rimanere aggiornato su nuovi libri o promozioni, sentiti libero di iscriverti alla newsletter di Carrie Ann.

Montgomery Ink: Colorado Springs
Libro 1: Sotto pressione
Libro 2: Inquietudine di pelle
Libro 3: Vuoto impetuoso

Montgomery Ink:
Libro 0.5: Tatuaggio ispirato
Libro 0.6: Destino a tre
Libro 1: Tatuaggio spinoso
Libro 1.5: Sulla pelle per sempre
Libro 2: I confini della tentazione
Libro 3: Un passo difficile
Libro 4: Stampato sulla pelle
Libro 5: Marchio indelebile
Libro 6: Senza Segreti
Libro 7: Espressioni di pelle
Libro 8: *Ricordi per sempre*

I fratelli Gallagher:

Libro 1: Ritorno all'amore
Libro 2: Passione ritrovata
Libro 3: Una nuova speranza

Whiskey e bugie:
Libro 1: Whiskey e segreti
Libro 2: Whiskey e scoperte
Libro 3: Whiskey incompiuto

TI INTERESSA ESSERE UN BLOGGER E REVISORE PER CARRIE ANN RYAN? REGISTRATI QUI!

www.ingramcontent.com/pod-product-compliance
Lightning Source LLC
LaVergne TN
LVHW031537060526
838200LV00056B/4532